思想觀念的帶動者

文化現象的觀察者

本土經驗的整理者

生命故事的關懷者

Caring

生命長河，如夢如風
猶如一段逆向的歷程
一個掙扎的故事，一種反差的存在
留下探索的紀錄與軌跡

王浩威作品集 06

沉思的旅步

王浩威的心靈遊記

王浩威——著

目次

PART II 走進過渡的空間

走進社會

走進自己

走進博物館

推薦小語

我懷疑浩威有分身，不然哪來這麼多時間精力？除了行醫、寫作、開會和看戲，他也善遊，走遍寰宇城鄉，行蹤散見五湖四海，是個老練的旅人（seasoned traveller），玩得狠，玩得精，資歷豐富，觀察又獨到，講起旅途見聞，格外深刻入味，朋友都愛聽。

讀他的這本書，卻和聽他聊天不同。這不是一般的遊記見聞，他不談景點和路線，不寫食物和買物，沒有餐廳旅館指南，也沒什麼驚險軼事，讀來卻更真切，更感人，餘味裊裊不盡，令人咀嚼反思。

他不從平面看景物，揚棄定點描寫和線性敘述，而是拉高視角，跨越維度，用一種參差交錯的筆法，把藝術、文化、歷史，以及自己當下的情境，都納入寫作座標，每個地點因而立體延展，變得鮮活有特色，他的印象觀感，彷彿把我們 Tag 到那地方。

我最感動的是，他如此老練，卻又如此誠實，經常坦承旅人的疲憊、脆弱、憂悒，檢視自己在旅途的心思狀態，這本書是浩威二十多年的遊記，也是他的心靈版圖。畢竟，旅行的終點不在遠方，在過程，在自身，走遍世界，是爲了通往自己。

——蔡珠兒（作家）

浩威《沉思的旅步》是地理的踏查、文明的汲泉、心靈的壯遊，更是人類精神的星圖。比自己去旅行還要有意思的，是看像浩威這樣的旅行者出入於現實與心象的冰火地，回來告訴我們，那裡有些甚麼。

——許悔之（詩人、出版人）

旅行，是爲了走出慣常，找回初衷。浩威酷愛旅行，他的身體走遍世界，他的心靈走入自己的深處，而他的想像高飛雲端。精神醫師的旅行異於常人，也不吝分享他難得的文學、心療經驗。我們讀他，跟著他走，身心靈都來一趟洗滌療癒。

——陳怡蓁（趨勢科技創辦人兼文化長）

〈自序〉生命的旅行．心靈的想像

1

當終於把這本書從零散的稿子漸漸整理成稍微像樣的一本書時，已經來不及完成序文了。預定的旅行就要啓程，只有趁現在，已經坐上了飛機，方能開始將只有大綱的想法，逐字落筆。

我正在往杜拜的飛機上，一場旅行的起點，目的地是葡萄牙的里斯本。

我坐在飛機上，用智慧手機試著完成一篇適合作爲序的文章，最後決定將這文章的思索重點放在關於旅行的一切。

這次是第二次搭這家航空公司的班機。上次的印象好極了，回去以後總是主動向朋友提起，幾乎成爲這家公司的義務代言人了。

但不幸的是，今天搭上的飛機竟然是舊型的，有點失望——不，十分失望。畢竟第一次，也就是上一次搭這航空公司的班機時，剛好是全新的機型，一切都很美好，自然以爲那就是全部，自然也就抱著同樣的期待訂了同一家，自然幻滅的感覺也就不可避免。

人終究是矛盾的。按理說，旅行的樂趣之一就是不確定性，但這不確定如果是負面的，不僅是沒有樂趣，說不定還可能一頭掉入意料之外而不容易擺脫的沮喪。然而，儘管如此，我還是不斷旅行著。

我自己喜歡旅行，而且是屬於重度成癮級的。

我曾經思索自己這樣的癖好，究竟是潛意識層面如何的作用。是否某一種創傷重覆地出現，還是某一種情結借用這些追求來促使我逃避。然而，也許在更深層的生命潛意識，在人類的集體無意識中，恐怕有一些還說不清楚的東西，讓人們原本就是渴望旅行的。

2

的確，原來的人類，應該就是喜歡旅行的。

如果我們看考古人類學家如何解釋人類的起源和分佈，他們總會張開一張全球的大地圖，指出人類祖先是如何從東非高原，一代代往北往東又如何走到世界每個角落。

這個最早的旅行並沒有被記錄下來，不論文字還是傳說，都找不到相近的痕跡。然而，在人類的神話裡，不論是荷馬記錄的希臘傳說，還是中國的封神榜，人神不只是四處走動，人神之間也相互來往，甚至，連人也可以跟著神上天下地。我們可以這麼說，過去的人不只喜歡旅行，而且還上天下地無所不去。

過去的天和地確實是曾經一度可以暢通無阻的，甚至說不定還連接在一起。只是後來，不和怎麼的，這個世界開始講起秩序了。天地於是分離，人的歸大地，神的歸上天，除非透過媒介者，否則神人之間再也不容易來往了。

這個秩序一開始可能還不穩定，至少曾經一度動搖，所有的規定又亂了。在《封神榜》裡，周文王封了衆魂魄各自的神職，從此各其職司，秩序因此確定下來。這大概就是《尙書》所謂的「禮樂作」吧。所謂禮樂，是規矩，也是秩序。

到了春秋戰國，也就是歷史上有記錄的動搖的時候。孔子因此整理經書，鼓吹秩序的重建。而太史公在《史記》前言裡重提了這件事，並以昔日的仲尼爲榜樣。

這些需要再三地去建立秩序的努力，也就是代表了天地之間再度混亂，人神又一度可以互通了。

只是這情形，隨著這套有關秩序的軟體逐漸改良升級，也就越來越穩定，越來越不可能失控。

到了漢朝，漢樂府《饒歌》裡有一首歌是癡情女子對愛人的熱烈表白。她說：「上邪！我欲與君相知，長命無絕衰。山無陵，江水爲竭，冬雷震震夏雨雪，天地合，乃敢與君絕！」

上天啊！我眞的要和您熱烈相愛，一輩子也不消褪。除非是山沒有了丘陵，長江、黃河都乾枯了，冬天雷聲隆隆，夏天下起了大雪，天與地合到一起，我才敢同您斷絕！

這女子會如此比喻，表示這些「與君絕」的條件，已經不再容易了：「山無陵，江水爲竭」——山河消失了；「冬雷震震，夏雨雪」——四季混亂、甚至不存在了；「天地合」——再度回到混沌世界。

天地不可能再合；或者說，天地絕是改變不了的事實了。

3

天地絕，人們的生活開始從原本是屬於大自然的狀態，變成不再屬於大自然，過去的那一種與大自然融合的狀態結束了，隔離出現了，也離開了大自然。

台灣原住民族原本還有與大自然融爲一體的傳統，但現在也少見了。以前的原住民，聽得懂鳥鳴獸語，生活作息依循這些與大自然相通的訊息來行動，譬如早上的鳥聲會告訴獵人這一趟狩獵是否可以成行。他們更相信夢，因爲夢帶來的訊息，比自己有限的生活環境來得豐富許多。

天地絕，是天與地分離，是人逐漸脫離大自然，也是從漁獵時代進入農業時代。農業時代的人們，是和大自然有距離的。他們一方面開始努力征服大自然，所謂的「人定勝天」；一方面卻又因爲越來越不瞭解大自然而畏懼大自然了。

人文地理學者段義孚提出人類文明中的逃避主義（escapism），指的也許就是這階段以後的人類。他們努力建立起所謂的文明和文化，是因爲想要逃避大自然，因爲他們看不懂其中的訊息，索性稱之爲混沌了。

這一切都再再顯露出人們對陌生世界的恐懼。自然地，人們開始不再離開自己熟悉的生活圈，旅行也就變成恐怖的事了。

充滿神話色彩的中國古籍《山海經》，歷來被認爲是一本地理和禮儀的古籍，但近來對它的解釋之一是，它是人們變得害怕旅行之後發展出來的旅行手册。

我每次旅行，總是要買兩本旅行書，也許是《寂寞行星》或《米其林綠色指南》，也許是國內達人的教戰手册。除了查一查該去哪裡，該怎麼走，也查查有甚麼要小心的。

《山海經》也具備這樣的功能。

比方在〈南山經〉這篇提到「青丘之山」，書上形容這裡是：「其陽多玉，其陰多青雘。有獸焉，其狀如狐而九尾，其音如嬰兒，能食人；食者不蠱。有鳥焉，其狀如鳩，其音若呵，名曰灌灌，佩之不惑。英水出焉，南流注于即翼之澤。其中多赤鱬，其狀如魚而人面，其音如鴛鴦，食之不疥。」

以現在的白話來說，是這樣的：

青丘山這個地方，要從基山向東三百里，才能走到青丘山。來了可以做甚麼、買甚麼呢？山南多出玉石，山北多產青雘。不過要小心，山上有一種獸類叫九尾狐，其狀如狐，長有九條尾巴，叫聲如嬰兒，能吃人。人吃了它後可以辟邪。

山上還有一種鳥，樣子如同布穀鳥，叫聲如同人互相呼喊，名稱灌灌，要趕快佩戴上它的羽毛才不會被迷惑。

而英水發源於青丘山，向南流注入即翼澤。這條河裡，多產赤鱬，形狀如同魚，但面部如同人臉，叫聲如鴛鴦，吃了它後可以不生疥瘡……

4

西方的情形也差不多。

當人們開始建城堡，除了一方面準備定居，另一方面也意味著告別大自然了。中世紀以後，這樣的城堡生活幾乎是所有歐洲人的生活方式。

城牆裡是一個世界，代表著地位和安全；城牆外則是充滿無法想像的恐懼，因爲所有的危險都是從那裡來的。

城裡面的所有行業都是世襲的，從城主、騎士、到各種技術工人都是。只是，這個城太小，有些行業如果消耗性高，譬如打仗的騎士，則是兒子越多越好；但有些則不然。馬車輪的工匠，只能傳給活下來的大兒子。如果有二兒子，最好隔壁打鐵匠只有女兒沒兒子，那就可以給鄰居招贅了。如果兒子多又沒能被招贅，怎麼辦？

生活在城牆外的人，是沒有辦法的人。農民是一個例子，他們遇到他城的攻擊時只能躲到城裡，全仰仗城主的保護。他們的農作物可能被焚毀了，但還是要向城主交稅金，因爲要活命。

至於在城堡和城堡之間的，也就是我們所謂的旅人，又如何呢？

有一年因爲開醫學會的緣故，我到德國漢堡，其間偷空到古城呂貝克（Lübeck）一遊。這個城有個古老的「醫院」，hospital。我一走進去，立刻被牆壁上的彩繪所吸引。我繞了好一陣子，忽然才意識到，怎麼看不到任何與醫療相關的活動空間？我後來研究了一下，才發現這個 hospital 其實是過路病人的收容站。在那還沒有醫學的時代，當然是沒有醫院的。

過去，住在城裡的人若生病了，只能由城裡有智慧的人以草藥或巫術（不過中世紀的獵巫，也讓這些沒落了），或請教會用宗教方法來治療。如果還是治不好，怎麼辦？這個時候只有朝聖（Pilgrim）一途了。

梵蒂岡教廷歷來冊封了眾多聖名顯赫的「聖人」，教廷檢驗這些神職人員是否足堪封聖的標準，是看其是否行過一定的神蹟。這其中，至少三分之二的神蹟，是跟疾病與醫治有關的。

罹患痼疾的不幸病人，於是在家人的陪伴下，走上朝聖之路。一路上經過各個城鎮，住進鎮上由當地教會號召地方善心人士所建立的 hospital。這樣的 hospital，有大有小，呂貝克的就相當有規模。後來，醫學發展了，主動進來幫忙，漸漸成為主角，也就成為「醫院」了。

有些 hospital 沒有轉變為醫院，仍只純粹提供住宿，便演變成 hostelry（客棧）、然後變為 hostel（平價旅店），最後就變成 hotel（旅館）了。

有些朝聖的病人半途上病情加重，走不下去了，或是回不了家，也只能就地照顧。這也是臨終關懷（hospice）的濫觴。

至於那些出錢出力建這些供過路朝聖客住宿，甚至是幫忙三餐和生活照顧的城鎮善心人士，他們的善行態度也因此被稱為 hospitality，即親切而殷勤的款待。

這樣的情形，其實和台灣廟宇的習俗十分相近。每年北港朝天宮的媽祖出巡，充滿了尋求平安的受苦民眾、已受庇護而渡過難關的信徒，以及善心款待的地方人士。只是，建築成固定空間的朝香客居住所並未隨著時代改變。

5

除了朝聖客，走在城與城之間的無可奈何的人士，還有兩種人。

小強盜是其中一種。

當年四個好友一起開車遊伊比利半島南方的安達盧西亞，打算在回馬德里的路上，去尋找唐・吉訶德大戰的風車。可惜那一天的回程風雨交加，雷電一而再地垂直擊向平原遠處的地平線。我們沒有唐・吉訶德的勇氣，或是信心，就在風雨中快快閃躲巨人的攻擊，快快躲進了小城阿蘭費茲。

十五、六世紀的小說，很多都是這種小強盜的故事。塞萬提斯的《唐・吉訶德》也不例外。

唐・吉訶德想像中的偉大英雄或是公主，或是他想要對抗的大壞蛋，都只是在路途上討生活的形形色色的小人物，從小強盜、妓女、到客棧主人一家，如此而已。

渡過英倫海峽到英國，綠林中的傳奇人物羅賓漢，其實也是講著同樣的故事：在城裡無立錐之地的亡命之徒。

人是矛盾而有趣的。他們看不起城外的人，卻又對那個世界充滿好奇心。於是，唐・吉訶德也好，羅賓漢也好，都是因爲要滿足人們的這種好奇心，在再三傳誦的過程中，越來越誇大也越來越迷人。

最後一種則是商人。

當年鋌而走險上路的人，還有一種是做生意的商人。中國也有這傳統，所謂的走貨郎。在中國的古老社會，商人的社會地位是相當低的，所謂九流之末。西方的中古時代也是如此。畢竟只有在自己家鄉走投無路的人，才不得不做這一行。再加上是異鄉人，沒有任何社會關係，的確可以隨時消失，更容易讓人懷疑他的信用。這也許就是商人比其他行業，還要更強調信譽的緣故吧。

現在的社會流動性增加了，商人的流動性也就不再是問題。甚至是隨著重商的潮流，加上物質主義，商人的社會地位也增高了，當然情形也就不同了。

然而今天走在旅程上的，還是有一大批是商人。

在旅行的過程中，不管是海關的入境登記表或是旅館入住登記，在表格中都會有一項必塡的欄目「旅遊目的」，其中都會有「商務」這個選項，而且通常是排在第一項。

旅行中的商人還是有著過去的冒險成分。

我因從事心理工作的緣故，經常可以聽到這樣的冒險故事。

在六、七〇年代的台灣，經濟才剛開始蠢蠢欲動，除了從廣大的鄉村離鄉背井湧向城市的許多勞工，勇於冒險犯難的商人其實也是相當重要的。

我曾經聽一位商界友人描述當年是如何在中南半島搶購原木的。他說，自己沒有歐美或日本同行那般雄厚的資金，人家多半不願將貨賣給你。唯一的辦法就是到這些同行不敢去的地方。而六、七〇年代的中南半島一直有戰爭。他偷渡的範圍，從越南、緬甸到柬甫寨都有，後來連美國中情局的人都來找他幫忙了。

還有一位大老闆，講起當年的創業故事，說自己年輕時英文其實不怎麼流利，但當時實在走投無路，工廠的貨找不到訂單，現金流就要應付不過來了。他於是買了一張單程機票，拿著當年那種〇〇七手提箱，降落在某一個從沒去過的阿拉伯城市。他在那裡沿著任何看起來像辦公室的大樓，一間又一間地敲門，終於找到了訂單，當然也賺到了回程的機票。

這些年來，台灣的經濟又陷入困境。剛剛宣布的二〇一五年經濟成長率第一次不到百分之一，比通貨膨脹率還低。商人冒險犯難的故事又開始了。

我聽到遠赴俄羅斯的故事，在烏克蘭躲炮火的困境，去巴基斯坦推銷高科技產品，到中亞國家考察市場，到錫金地區買高級羊毛……

一切冒險，又重新開始了。

6

十四世紀大航海時代的開端，說穿了，其實就是商人的利益和國家的利益，兩者結合而開啓的。不管是麥哲倫或哥倫布，就是敢冒險、可以說服官方的商人而已。

世界歷史的推動，從這一歷史時刻起，商人開始扮演日漸吃重的角色。

西方各國陸續投入大航海的競爭，不只是掠奪較不發達的地區，包括美洲、非洲、和南亞等地，同時也將海上航線推到了極致，將原本仗恃著陸上絲路等陸地交通的文明都趕過了。

在陸地交通時代，馬可波羅回到威尼斯告訴西方世界的故事，是教西方人敬畏的。所有與中國有關的，都等同於美好的天堂。然而，當海洋交通興起，中國在西方人的心目中的那種崇高文明形象開始瓦解，甚至成爲被列強掠奪的砧上魚肉。

海洋交通改變的，不只是東方和西方的關係；這一切的改變，實在太多了。

在中南半島，吳哥窟王國在中國元明之際忽然沒落、甚至成爲死城的原因，到現在還是一個公案。其中，原因之一也許就是海洋交通。

吳哥窟原本是最強盛的權力中心，這個半島上的諸多國家都必須主動進貢，包括清邁、素可泰和暹邏國。這時的亞洲剛好海洋能力興起，明朝鄭和七次下南洋的歷史就是證明。因爲如此，曼谷成爲重要的交通樞紐，暹邏也就因爲交通財而富裕了。在過去的陸地交通時代，這種過路費的錢是被吳哥窟賺走的。這時，暹邏富有了，它不只併下清邁和素可泰而成爲今日的泰國，可能也進攻過吳哥窟幾次，令其元氣大傷，開始衰落。至於新誕生的泰國，索性便將首都從大都遷到曼谷了。

大航海時代的崛起，西方諸國由西班牙和葡萄牙首發，接著荷蘭和英國也跟進了。而最先成功進入台灣的，就是葡萄牙。

我自己這次的飛行，就是前往葡萄牙。

葡萄牙人在台灣的經營，雖然在鄭成功的攻擊下告終，但留下了許多影響。其中一個，就是滿足台灣人的自戀情結。

據說，發現台灣島嶼的葡萄牙人，在船上看到這塊土地時，立刻驚呼爲「福爾摩莎」（Formosa），意思是美麗的土地。

直到今天，許多台灣人還是以這個例子，沾沾自喜地認爲台灣果眞地球上是最美麗的地方之一。事實上，在葡萄牙人殖民的過程中，被稱呼爲福爾摩莎的地方，恐怕至少就有二、三十個。在巴西北部，有一個福爾摩莎省；在里斯本旁邊，也有一個叫福爾摩莎的地方。

我從杜拜轉機，坐上飛機，前往福爾摩莎命名者的國家葡萄牙。從台灣桃園機場到杜拜是整整十個小時，從杜拜到里斯本又是差一刻就九小時。

這次班機接得很好，不過一個半小時又起飛了。

我們繼續搭同一航空公司的班機，卻發現這段航程是乘坐新的飛機。這跟上次不同；上次從杜拜到威尼斯是舊型飛機，反而前段是新型。

坐在舒服的座艙裡，心情又愉快起來，所有的感覺都十分正向，連空服人員的服務態度也彷彿親切許多。

我舒適地攞平自己，準備繼續睡眠，希望早一點調好時差。

腦中閃過了一個聲音：「里斯本，我來了。」

想一想，不對，我其實最渴望的是離開，不一定非去哪裡不可。於是重新喊了一聲，在心中默默地以最用力的聲音說：

「旅行，我來了！」

遇見創作的心靈

PART I

尋找真正的新世界

——李維的創傷倖存書寫

1

在入冬的南京，我帶領一個需要兩天課程的工作坊。工作結束後，終於有一個白天可以四處走走。我先去了鍾山，從明孝陵、中山陵、一直到美齡宮，一個早上就這麼結束了。朋友問我還想去哪裡，我這一次前來以爲只是工作而已，因此沒有做任何的功課，也就沒太多想法。朋友說了幾個地方，但看我的反應都不是十分有興致。他忽然想起說：「要不要去南京大屠殺的紀念館呢？」

我曾經看過這個地方的相關報導。這個博物館是在一九八五年，由來到南京的鄧小平，題名爲「侵華日軍南京大屠殺遇難同胞紀念館」。我有點心動，但還正猶豫著。另一位也是外地來的朋友問在地的朋友說：「你們覺得這個紀念館怎麼樣？」南京的朋友說了一些十分推崇的話，包括它的設計、它的美感、它的壯觀、還有它的歷史意義等等，最後還說：「如果你們去了，一定會十分震撼，內心必定充滿了恨。」

聽到了最後一句話，我就決定不去了。或者說，我就知道自己是不敢去的。我喜歡旅行，喜歡在旅行途中參觀各式各樣的博物館，即便是行程緊湊也不會覺得浪費時間。然而，有幾個博物館或紀念地，是我一定會拒絕的，因爲湧上來的感覺雖然是如此飽滿，但卻也是如此沉重，幾乎是寧可死去算了。

這樣的拒絕，在我的旅程裡曾經出現過兩次。

2

一次是到柬埔寨的吳哥窟。那一回是我第三次到這一個値得再三拜訪的古蹟勝地，只是當時航空公司有糾紛，只好從首都金邊轉機。去的時候，班機順利銜接轉機，但回程因爲沒有恰當的班機，我們因此在金邊過了一夜。

我們下榻在洲際大飯店，一個還不錯的五星級旅館。

那一趟是四個人的自助旅行。不知怎麼的，除了我以外的三個人全都生病了，不是上吐下瀉就是發燒肚子痛。在我這個受醫學科學訓練的人來看，他們的症狀應該歸咎於腸胃型感冒，只是程度不同而已。但是，這三位好朋友恰恰都是身心靈相關論述的信徒，一直認爲是吳哥窟的陰氣太盛，使得自己的靈體沾上了一些晦氣所導致。他們甚至覺得來到金邊之後，陰氣更盛，索性就不出門，只想留在旅館裡好好靜養。

唯一得以倖存的我，卻是不相信這一套的。傍晚住進了旅館後，立刻去按摩，還在旅館附近四處逛逛。第二天一早，覺得這樣大好的白天太可惜了，還是決定一個人出去，善盡一個觀光客應有的責任，到城裡的名勝古蹟走走。

我在洲際大飯店的門口就看到了一群摩托車，準備供這飯店的旅客出門雇用。一位年輕人主動走過來，看起來還算和善，我也就直接和他談好價錢和行程。我期待的旅程，包括昔日的皇宮、傳統建築改建的國家博物館和五花八門專門販賣各種貨品給觀光客的中央市場。

國家博物館是我最主要的目標。吳哥窟文明所發現的相關文物，除了法國巴黎吉美博物館（Musée Guimet）和泰國的國家博物館，就是這裡收藏最豐富了。在吳哥窟幾天的文化旅行，能夠以這裡作爲終點會是個完美的結束。

只是這些行程結束了以後，想要做更多生意的摩托車司機一直問我，既然有時間，爲什麼不再去一、兩個地方呢？我問他何處值得一去。他立刻說起一個每位歐美遊客都會去的地方，也就是好萊塢曾經改拍成電影《殺戮戰場》的現場。我知道那裡，這個一般直接稱爲「殺戮戰場」的地點，也就是吐斯廉屠殺博物館（Tuol

Sleng Genocide Museum）。

我立即的反應就是：不！

去過的朋友曾經告訴我：「太悲慘了！」他說，也許他們去的那天正好是淒風苦雨吧！也或許當天抵達已是傍晚時刻，整個博物館只有他們兩個人。但後來我看了一些資料，知道這個博物館只是充滿了控訴和血腥的紀錄。這樣的博物館，同樣可以讓我心情沉重好長好長的一段時間。

我不是不能承受這樣的悲劇，我甚至痛恨那些遺忘這一切慘痛歷史的人。只是，我所不能承受的是，在這麼多年以後，直到現在還繼續糾纏著表面的情緒：恨、悲慘、控訴。被害者的聲音是淒厲的，在這永無止境的高度張力背後，除了讓每一個人都筋疲力盡以外，也同時將每一個人都困住了。

3

恨是一個不容易離開的情緒，甚至是教人容易上癮的。

南京大屠殺紀念館最先是由東南大學建築學院齊康設計，就是以「生與死」、「痛與恨」爲主題。即便到了一九九五年，紀念館的二期工程建設改由華南理工大學何鏡堂主持設計，以「戰爭、殺戮、和平」三個概念來發展和構思，有了悼念廣場、大型雕塑「古城的災難」、刻有南京大屠殺發生時間的十字形標誌碑、遇難同胞名單牆、紀念館大門「殘破的城門」等等；然而，淚水和怨恨還是流竄在這廣大空間中，扮演著最最主要的情緒。

這樣的恨，沒有經過轉換的原初情緒，能帶給我們什麼呢？除了綿綿不絕而縵縵奈何的仇恨，以及背後以被害者身份襯托的永無止境的厚重低音？

然而，在這個時代，我們的仇恨還不嫌多嗎？

在南京的那幾天剛好是台灣總統選舉的日子，國民黨可能在這一戰就要走入歷史了。大陸的朋友除了好奇我為何沒有留在台灣投票以外，更加關心會是誰贏了總統的寶座。這些年來，我對政黨形式的民主開始感到困惑；特別是在激情中完成的投票制度，更讓我不知如何看待。然而這一場選舉是不同的，投票的結果早已在選戰還沒結束的許久以前就知曉了，不會有太多驚奇；唯一可能有意思的是，新成立的這些小黨，究竟可以得到多少支持。

比起總統或立委的選舉結果，我其實更關心：沒有國民黨以後的台灣，是否已經從過去的漫長悲情裡，完成了足夠的轉換，一個真正的新的世界可以因此而創造完成？

南京這一趟旅程的一個月後，我又到了重慶接洽公務。這次的行程更加匆忙，只能在落腳的旅店附近走一走。爲了工作方便，朋友幫忙安排的旅館就在目前重慶最熱鬧的觀音橋。三、四個人吃完晚餐後，也就在朋友的建議下，到附近的方所書店買書。

這裡陳列的書很合我的喜好，而且第二天就可以回家了，不必擔心行李，不禁貪心地多買了幾本。其中有一本就是義大利小說家普里莫・萊維（Primo Levi）的小說《若非此時，何時？》[1]。

在台灣翻譯成普利摩・李維的這位小說家，恐怕是二次大戰後，第一位發表自己在納粹集中營悲慘經歷的作家。在台灣，他的作品翻譯出版的有短篇故事集《週期表》[2]和散文集《滅頂與生還》[3]。

《滅頂與生還》是他生前出版的最後一本書，第二年他就從自家三樓的陽台，朝公寓內的天井縱身一跳，以自殺結束了自己的生命。

在這本書裡，他又再一次回顧了集中營的經驗。

4

對於歷史，的確，是不能忘記的。而且，更恐怖的是周邊的人都急著要你快快遺忘。所以他說：「『我永遠不會忘記這件事。』如果這項傷害尚未在我們身上或周圍留下實質的痕跡或永久的空虛時，這種說法其實只是愚勇，因爲在『日常生活」』中，我們都會很樂意遺忘已經痊癒的嚴重病痛。」只是，「我們同樣慣於簡化歷史。但歷史事件的排列並不一定只有單一明確的模式。但或許因爲人類天生就是社會性動物，因此強烈地需要劃分『我們』與『他們』，也就使朋友／敵人這種二分法遠遠凌駕其他歷史分析模式之上。」

而且這樣的情形在生活中無所不在，「這也許就是許多觀賞比賽，如足球、棒球與拳賽等，廣受歡迎的原因。場中對抗的是兩個立場截然劃分、清晰可辨的隊伍，而比賽最後則會產生勝利者與被征服者。如比賽結果平手，觀衆難免會覺得失望、被騙。」所以，集中營所發生的一切，其實在生活當中還是可以不斷地遇見。

他說：「特權的崛起，其實不只在集中營裡，在所有人類群居社會裡，都是一種帶來痛苦卻永恆存在的現象，只有在烏托邦裡才可能缺席。」「在所有環境，所有關係中，都存在犧牲者／劊子手的相對動力，這種動力表現的清晰程度不一定，而且通常都存在於下意識層面。」

在這樣的競爭世界，就像集中營的囚犯一樣，是必須踩著別人的屍體前進，才能活下來的。我們現今乍看是自由的生活，同樣如此。而且，「做這種工作，要不是第一天就發瘋，就是會逐漸習慣。」「當然我可以自殺或讓自己被殺，但我想活下去，我想要報酬，而且活著作證。不要把我們當成野獸，我們就跟你們一樣，只是比你們不快樂許多。」

李維引用同樣是奧斯威辛集中營倖存者的女醫師兼作家艾拉・林耕絲（夫姓雷奈）（Ella Lingens-Reiner）[4]的作品，認爲她《恐懼的囚犯》中的有一段話「表達得最坦白」：「我怎麼能在奧斯威辛生存？我的原則是，首先考量是我，第二考量是我，第三考量是我，再來是什麼都不管，再來還是我，然後才是其他人。」

只要有感覺，任何幸福的人都應該知道，是因爲別人的不幸福，自己才得以幸福的。這是李維想要告訴世人的：不只是在集中營裡，在當今生活的每一個角落都可能還是如此。

他說起最最深處的感覺：「或許感到羞愧，是因爲自己取代了別人而生還？尤其是取代了比你慷慨、體貼、有用、聰明，比你更值得生還的人？你無法阻擋這種感覺，你檢視你自己，檢討自己的記憶，希望找回所有記憶，希望沒有任何記憶被掩蓋或被扭曲。不，你找不到自己任何明顯的罪過，你沒有篡奪任何人的位置，你沒有打過任何人，你沒有接受任何職位，你沒有竊取任何人的麵包；然而你還是無法排除這類可能。這不只是一種假設，而是如陰影一般籠罩的嫌疑：每個人都是殺了自己兄弟的該隱，每個人都篡奪了鄰人的位置，取代他而活下來。這是一種假設，但它啃噬著我們。」

5

杜林（Torino），這個位於昔日倫巴底王國的城市，如今是義大利西北部皮埃蒙特大區的首府。遊客們有許多古蹟可以選擇，從安托內利尖塔到卡里尼亞諾宮。當然，你也可以來看一看爭議不休的杜林裹屍布（Shroud of Turin）。這一塊布一直被供奉著，忠誠的信徒堅持認爲這就是耶穌的裹屍布，如今是保存在杜林主教座堂（又名施洗約翰大教堂）的薩伏伊王室皇家禮拜堂內。

我原本是有機會可以參訪普利摩・李維在杜林的家。

二〇〇〇年剛剛入春的季節，阿爾卑斯山還是白雪皚皚。已經在瑞士山區像背包客一般旅行了半個月的我，離開了瑞士和法國邊界的霞慕尼，原本打算穿過白朗峰隧道通往杜林。沒想到，在霞慕尼遊客中心時，我才知道前一年的三月，因爲油罐車爆炸而受損的隧道，其實幾年內暫時不可能通車了。我當時還記得這則新聞，台灣電視台曾經播放過驚悚的畫面。只是，當時短短幾分鐘的新聞，沒想到現在還是無法疏通。

當年的我還年輕，也就十分機動地從另外一條路轉進義大利，自然也就錯過杜林這個城市了。

三、四年後，又有一次機會。幾個朋友一起到義大利玩，最主要的目的地是靠近法國邊界的五鄉地（Cinque Terre）漁港。不幸的是，我們事先沒做好功課，不知道五鄉地其實不適合開車前往。我們爲了遷就這車子，必須在上上下下的蜿蜒山路上緊張前進，也因此超出了原來預期的時間。就這樣，又一次錯過了杜林。

這樣的執著卻又永遠不可得，像薛西佛斯推動的石頭一再滾落到山谷裡的神話一樣，究竟有什麼樣的吸引力？

李維的自殺，引起當時世界各地知識份子的震驚。同樣是住在杜林的著名哲學家，也是生前好友的波比攸（Norberto Bobbio）[5]說：「直到他死亡以前，我一直深深相信著他是這個世界上最沉穩而安詳的人。」

但是，他爲什麼要自殺呢？一般的看法，是過去記憶的折磨。同一時代、同樣是猶太人的義大利最偉大的女性小說家娜塔莉亞·金芝柏（Natalia Ginzburg）[6]則說：「在奧斯威辛這些年來，他必然有可怕的記憶：他永遠只能極其堅毅地攜帶著的傷痛，但其中的殘酷和痛苦是一點也少不了的。我想是那些年的記憶，驅使他走向死亡。」

然而，我對甘培塔（Diego Gambetta）[7]的一段話卻是特別印象深刻。

甘培塔是杜林的一位社會理論家。他說：「李維是被那些文章激怒了，他在報章雜誌和訪談中不斷地反擊。這些事件似乎增加李維的罪惡感，這麼多人死掉以後他依然倖存多年的罪惡感。普利摩・李維在六十八歲時結束生命。他覺得自己關於大屠殺的寫作，想要揭發事實的努力，全都失敗了，而且徒勞無功。這樣地活著充滿罪惡感，沒有爲逝去的人做到任何事情，這就是心理專有名詞所指的『倖存者的罪惡感』。當一個人發現自己在別人皆死亡的創傷事件中活下來是一種錯誤時，必然會有的感受。」

活下來，不是只有控訴而已。活下來，是希望這個世界因爲眞正的理解而開始有深層的改變。

6

奧斯威辛（Auschwitz-Birkenau Concentration Camp）這樣的納粹集中營，是我這些年來的旅程中有好幾次機會經過，卻又刻意避開的。

在最表淺的感官層面，我的神經似乎太脆弱了，受不了這樣強烈而持續的高度情緒。然而，在內心深處呢？

《若非此時，何時？》是普利摩・李維唯一的一本長篇小說，是《滅頂與生還》出版的前一年，也就是他自殺的前兩年書出版的。

李維在小說裡虛構了一個沼澤共和國，這是由納粹的恐怖城市裡逃出來的猶太人在沼澤地所建立的營地，生活危如累卵。兩個掉隊的士兵，門德爾和列昂尼德意外發現這裡，此地一方面宛如綠洲一般的輕鬆，縱使他們的內心明知絕非眞實；一方面卻得隨時進入戰爭，充滿激烈而興奮的武裝行動。就在這樣的虛構世界裡，李維又回到了那些未曾謀面卻已經殉難的猶太兄弟姊妹之中。

究竟怎麼一回事，在享有盛名的現實世界裡沒辦法有任何的歸屬感，只好不知不覺地退回到了昔日的戰場？

普利摩・李維曾經相信，這世界一定有善。

在最早的作品《如果這是一個人》[8]，他提到了一位名叫沛若諾（Lorenzo Perrone）的人。他是「一位義大利民工，每天帶給我一片麵包還有配額的剩餘物，整整六個月。……他做這些東西完全沒有要求或接受任何的回饋，完全只是因爲他自然而單純的善良，在我們這個世界之外還存在著一個公平的世界，在那裡還是依然單純而完整的，沒有腐敗，沒有野蠻，與所有的仇恨或恐懼完全不相關。這是很難去界定的，一個關於善良的遙遠的可能性，爲了這一點就値得活下去了……。但沛若諾只是一個人，他的人性是單純而未曾汙染的，他是在這個否定世界之外的。感謝沛若諾，我因此決定不要忘記自己還是一個人。」

沛若諾是一位確實存在的人，他是猶太人，和李維同樣是化學家。因為這樣的身分，他被徵召到集中營旁邊的工廠，研究合成橡膠。

但是，同樣是從集中營倖存以後，即便是李維在這第一本關於集中營的書裡，公開地肯定他所有的一切作為，沛若諾還是依然不顧自己的肺結核病情，繼續過著酗酒的流浪日子。有好幾次，醉倒在路旁或是出事了，李維總是搭著火車去將他保釋出來。

一九五二年，沛若諾還是去世了。沒有人知道他內心世界是怎麼一回事，恐怕連李維也不知道。

這樣的情況，對台灣的讀者並不陌生。

同樣是經歷了二二八事件和白色恐怖的台灣，曾經有許多政治受難者在監獄裡被刑求，和長期監禁。直到民主抗爭開始，台灣的黨外運動逐漸風起雲湧。在檯面上，這些倖存者開始被記起，成為一個新時代的英雄。只是，離開了舞台，回到了眞實的生活中，沒有人知道他們是如何面對自己的。沛若諾這樣的悲劇不只發生在納粹集中營的倖存者身上，也發生在台灣的這些所謂的英雄們身上。小說家施明正是如此，畫家吳耀忠也是如此，還有許多較不為人知的倖存者恐怕也是如此。他們也許沒有像李維那樣直接往空中一躍結束生命，他們卻像沛若諾那般用酒精放棄了生存的感覺。

7

在金邊的一日遊之後，我回到了洲際大飯店，和三位稍微康復的夥伴會合，一起搭計程車前往國際機場，準備要回台北。

一位朋友說，這眞是一場十分沉重的旅程呀！一路都是揮之不去的陰森氣息。其他人也跟著搭起腔來，各自分享著自己在這一趟旅程所感受到的特殊體驗。就在這樣的熱鬧氣氛中，我忽然發現這位柬埔寨的計程車司機，眼神也跟著閃爍起來，似乎聽得懂我們所交談的中文。

我用中文開口問說，你是華僑嗎？

他十分客氣的笑笑，同時也點點頭。

當聽到他從小是在金邊長大時，我們忍不住問他，紅色高棉時代又是怎麼一回事？

紅色高棉（Khmer Rouge）是指柬埔寨共產黨及其追隨者。一九七五年柬共與原本被逼退位的施亞努親王在中國扶植的柬埔寨民族統一陣線合力下，推翻了美國資助的高棉共和國。但沒多久，施亞努被赤柬軟禁，柬埔寨共產黨波布開始進行他的思想革命。波布自稱奉行毛主義，實際比毛主義還要極端。他趁中國文革的狂熱氣氛，推行所謂「純粹共產主義」的政策，包含婚姻、家庭關係等都遭到解體，意識形態是極端的左傾。直到一九八一年十二月，紅色高棉大屠殺方爲世人所知，柬共迫於形勢而自行宣布解散。在紅色高棉統治的這段期間，僅僅三年零八個月，估計有一百多萬人死於饑荒、勞役、疾病或迫害等非正常原因，是歷史上二十世紀最血腥暴力的人爲大災難之一。

在這樣慘絕人寰的過程裡，我們好奇，同車的這位華僑司機又是如何度過的。他一邊開著車子，一邊娓娓地說著關於赤柬執政以後的經歷。

他說，那一年他還年輕，一開始是被徵召去建築機場。機場完工以後回到金邊城的家裡，家人卻早已不見，原來都被下放到鄉村去改革了。整個景平變成了一個鬼城，所有的人忽然都消失了。他聽說下放的地點是按照街道分配的，同一個家族可能只是因爲住在街道的兩邊，卻被分配到兩個極其遙遠的不同村莊。他十分著急，且找不到任何人詢問。沒多久，他也被下放到鄉下的村莊了。

這個情形我曾經在報紙讀過，波布將人民分成新國民和舊國民。所有的律師、醫師、老師等等都是舊國民，一律都送到集中營處決。至於一般老百姓，只要你是住在城市的，就是要加以勞改的新國民。

他說，沒錯，他們家是城市裡的勞動家庭，只是擁有一個小攤販，也就沒有被抓起來。

到了鄉村以後，他一邊工作，一邊繼續尋找家人。

在村子裡，村長擁有唯一的權力，可以隨時將他們判刑並且加以處決。後來，波布政權開始動搖了，許多被迫勞改的年輕人紛紛逃離鄉村。當時的政府於是強迫安排人民結婚，將互不相識的男女配對立刻成親。他自己也是在這樣的情況下，和另一位完全不相識的金邊女孩結婚。

等到波布政權終於垮台以後，大家紛紛回到自己的城市故鄉，尋找失散的家人。而匆促成立的婚姻，也就匆促結束了。

他說，他們兩人當時同行回到金邊，在路上說好這段婚姻是不成立的。沒想到，回到金邊許久，他還是找不到任何一個家人；而這位所謂的妻子，只等到她的一位姊姊。就這樣，兩個人繼續作伴，直到將近三十年後的今天。

這位髮鬢有些斑白的司機，訴說發生在自己身上的悲劇，始終以輕輕的聲音緩慢地說著。只有那麼一點的轉折，在車子的照後鏡可以瞥見他眼角的一絲淚光，但又快速消失。

他是那麼的淡定，而故事卻是如此的沉重，以至於我們四個人都無言以對了。我們坐在車子裡，一直沉默著，到了機場、甚至上了飛機，都不知道此時有什麼話是適合開口說出的。

這樣的一個人，這樣的時代悲劇，這樣的一個世界。

附註

1 原文書名：*Se non ora, quando?* 一九八四年出版。
2 原文書名：*Il sistema periodico*，一九七五年出版。
3 原文書名：*I sommersi e i salvati*，一九八六年出版。
4 生卒年爲一九〇八至二〇〇二。
5 生卒年爲一九〇九至二〇〇四。
6 生卒年爲一八一六至一八九一。
7 一九五二年出生。
8 原文書名 *Se questo è un uomo*，一九四八年出版。

勿忘 174517

一九九七年初夏，到義大利水上之都參觀威尼斯雙年展。

結束了在比安那列區舊館所舉辦的雙年展頒獎觀禮後，離開這個過度擁擠的第一展覽會場，一群朋友走到由舊日造船廠改建的第二會場。

一八九三年開始的威尼斯雙年展，曾經是未來派的大本營，是希特勒（Adolf Hitler）痛斥爲墮落藝術的討伐對象；到了二次大戰後，原本秉持世界一同的良意，雙年展的舊別館再加上新設計的建築，都擁有了自己的國名，彷如聯合國般充斥著另一種國家主義。舊造船廠改成的第二會場，是以大會主動邀約的藝術家爲主，國家的旗幟終於消失。我們一群人先出了第二會場，沿水道旁的巷子漫步，而後隨意找了一家平常小館，簡單進食。一位同行的義大利藝術家聊起了文學和藝術的關係，他說其實義大利一直都很重視文字的。他本身是化學家，經營了一家化學工廠，卻是長期支持前衛藝術，包括蒐購和寫評論。

一起走了好長一段路，我才終於有機會認識他，不禁問：「你的情形，跨界搞文藝的化學家，不就像普利摩・李維（Primo Levi）一樣嗎？」

他忽然一陣驚訝，問道：在台灣，他的作品曾被翻譯出版嗎？然後就滔滔不絕地說李維是多麼棒的作家，他的敏銳心思，他眞誠的文學態度，當然，也談到了他的自殺帶來的遺憾。

一九九二年三月十二日的晚上，普利摩・李維去世近五年左右，羅馬的街頭出現了長長的火炬隊伍，上千的火光在黑夜中前進。他們的聚集是反對義大利境內逐年崛起的種族主義和新納粹風氣，特別是近年橫行的光頭族。在小巷口，一幅長長拉開的抗議布條只簡單寫著幾個數字：174517。

一九九四年四月二十五日，二十萬人聚會在米蘭，慶祝義大利脫離法西斯政權四十九週年，其中一幅搶眼的旗幟寫著：「勿忘174517」。

174517，一個乍看毫無意義的隨機數字，卻在二次大戰尙未結束的一九四四年二月，赤裸裸地火烙在普利摩・李維的肌膚上。當時他才從一列專門載送囚犯的火車走下月台。這是前後一年總共載送幾千人的許多次列車之一。五百個人從義大利佛索里（Fossoli）監獄被送到德國日後惡名昭彰的「奧斯威辛」集中營。車上有二十九名婦女和九十五名男子被挑上，依序烙印，編號174471到174565，而174517只是其中一號。剩下的四百人，包括老幼婦孺等等，人數很龐大，處理卻很簡單，直接送入瓦斯室處死。

人類歷史上最悲痛記憶的所在地奧斯威辛營，於一九四三年底設立。當時納粹德國的年輕人力均投入了戰場，工廠人手急迫缺乏，於是一個徹底利用人力的集中營出現了。二次大戰期間，在義大利境內有八千名猶太人被送出境，六千名送到奧斯威辛，只有三百五十六名在戰後生還回到故鄉。李維，這位被編號爲174517的囚犯，日後在美國小說家菲利普・羅斯（Philip Roth）的訪談裡表示，他的倖存是一大堆因素賜予的，主要包括他的遲遲被捕，他適合這個強迫勞役制度的要求，當然，最重要的，純屬幸運而已。

奧斯威辛的大門就刻著這樣的字句：Arbeit Macht Frei，勞動創造自由。一九一九年七月三十一日出生的李維，抵達奧斯威辛時是二十五歲。他被挑出來的原因，最先是年輕力壯的肉體，後來是他化學家的專長；最後，當德國開始戰敗，健康囚犯都被強制撤離和謀殺時，他卻正因腥紅熱侵襲而奄奄一息，被丟棄在營中而倖存。

這許多幸運的偶然，這樣微小的生存機率，在和死神不斷擦身而過的過程，倖存的人，包括李維，也就成爲一個永遠無法相信生命的困惑者，卻又勢必扮演這一切災難的目擊證人。

和台灣讀者所熟悉的卡爾維諾（ItaloCalvino）一樣，李維從小到大一直都是待在杜林（Torino）。三〇年代的作家，也是文壇精神領袖帕維瑟（Cesare Pavese），將卡爾維諾引進文壇，介紹他到最重要的文化出版社埃伊瑙迪（Einaudi）公司工作和出書。相反的，同樣是杜林人，同樣是在二次戰後從事寫作，只比卡爾維諾大四歲的李維，卻沒有這樣的一份幸運。一方面，戰後回到杜林的他，就像他在日後的暢銷著作《週期表》一書裡寫的，在這個近乎廢墟的城郊找到了一份工廠化學家的工作，也就少與杜林文人圈來往。然而，更重要的原因卻是他作品中的絕望和憤怒。

在奧斯威辛的絕望處境裡，支持他活下去的，就是盼望扮演這場悲劇見證人的決心。他將觀察和感受陸續寫在紙上，然後一一銷燬，只留在腦海以免遭人發現。

回到杜林，他和另一位同是倖存者的醫師班乃德提（Leonardo de Benedetti）將集中營如何虐待和摧毀人體的科學報告，揭示在醫學期刊。一九四七年，他開始在《人民之友》週刊發表有關集中營的文章。完整手稿則分別給了埃伊瑙迪、帕維瑟和金芝柏夫人，雖然反應極佳，可是埃伊瑙迪的出版社都沒有興趣，最後是由一家小出版社草草發行，第一版滯銷而庫存在佛羅倫斯的地下倉庫，某年水災全遭淹漬。

二次大戰後，乃至到了今天，人們一直不願去回想大屠殺這類的記憶，這一切歷史事件證明了人性可能的殘酷，既不僅屬於少數幾個民族，也不是人類的文明演化可以消除的，而是永遠地、永遠地存在像你我這樣的所謂平凡或善良老百姓的潛意識深處。李維喊出來了，大家的痛處卻被觸及了，即使是有良心的知識份子也都低調地迴避，而不積極歡迎它的出版。

《如果這是個人類》一書在被拒十年後，一九五八年才由埃伊瑙迪出版。五〇年代末期，二次大戰的災難還距離不遠，經歷過法西斯、戰爭、死亡和集中營的一代，發覺部分新一代歐洲青年開始投入當年的思考模式，新法西斯和新納粹風潮蠢蠢欲動。學校的教科書還停留在過去，課本裡的歷史只記錄到第一次世界大戰。因爲這樣的發展，原先指望以遺忘作爲原諒的文化界，才開始恐慌起來，許多二次大戰期間的資料，包括《安妮的日記》在內，終於得以發行。初版才兩千冊的《如果這是個人類》，直到一九八七年爲止，共售出七十五萬冊。

在《如果這是個人類》裡，集中營的主題一直持續著，聲音是憤怒和見證；到了《復甦》一書，分貝開始下降，思考更加複雜。他的反省不再是只有少數的「壞人」，而是包括猶太人在內的集體的道德責任，恥辱和罪疚成爲一再盤旋的主題。

《復甦》的「恥辱」一章最先完成於一九四七年，關於「所謂正直的人在他人果真做下錯事以前，早已隱約感到恥辱」的主題，到四十年後他在死前發表的最後一本重要作品《滅頂和生還》，進一步發展成對倖存者更深遠的分析，特別是他們的罪疚和恥辱。罪疚是指在某些場合中，儘管主動選擇的可能性是渺小的，但仍然有可能時，倖存者對自己沒有抵抗和沒有救助他人（雖然當時的情況根本不可能）

的行徑，永遠充滿自責。恥辱既是個人，也是集體的。倖存者必須個別地承受別人質疑的眼神：為甚麼所有人都死了而你還活著，同時也承受著集體的恥辱：我居然也是屬於這般禽獸的人類的一份子。

在這樣複雜的思考和分析後，李維開始肯定為何有些人在承受囚禁和侮辱時，可以勇敢活下來，但在自由之後反而自行結束生命。他說：「自殺的行徑是人性的，而不是動物的，它是縝密思考的舉止，不是衝動或不自然的選擇。」奧地利籍哲學家埃默里（Hans Mayer，別名 Jean Amery）在一九七八年自殺，生前寫了一篇「奧斯威辛的知識份子」，警告下一代一定要抗拒冷漠和不在乎。李維在書中，也用了一整個篇章來討論這問題，結論都是悲觀而不確定的。

這本書出版的同一年，一九八六年六月，奧地利前納粹分子華德翰（Kurt Waldheim）當選為該國總理，引起歐洲知識份子的一片憤怒和辯論；當然，義大利也不例外。李維在他的《聖經》背後寫了一首詩：

如果沒有多少的改變也不要怯懦了。
我們需要你，雖然你只是較不疲累罷了。
……再想想我們所犯的錯吧：

在我們之間有一些人，
他們的追尋還是瞎眼地出發，
像是矇上眼布的人憑依摸索。
還有些人海盜般出航；
有些人努力繼續堅持好心腸。
……千萬別驚駭了，在這廢墟和垃圾的惡臭裡：
我曾經赤手清除這一切，
就在和你們一樣的年紀時。
維持這樣的步伐，盼望你可以做到。
我們曾經梳開慧星的髮叢，
解讀出天才的祕密，
踏上月球的沙地，
建立奧斯威辛和摧毀廣島。
瞧，我們並不是啥都不動的。
扛上這負擔吧，繼續現在的困惑。
千萬啊，千萬不要稱我們為導師。

這一年的年底，李維再次陷入嚴重的憂鬱症。一九八七年年初，在最後的一次訪問裡，他說：「過去和現在的每一刻，我總覺得要將一切都說出來……我走過沼沼的混亂，也許是和集中營經驗有關。我面對困難的情形，慘透了。而這些都是沒寫出來的。……我不是勇敢強壯的。一點也不是！」

三月，由於接連兩次的前列腺手術，生理的惡化讓他的憂鬱症更沉重。四月十一日清晨，義大利國家電視台的新聞，宣稱普利摩・李維從住宅的三樓墜落死亡。

普利摩・李維不僅僅是奧斯威辛的倖存者，也不只是書寫集中營的回憶和反思而已。

一九九五年九月，我旅途行中路過倫敦，遇見了在英國進修科學史的朋友。他說，最近才因爲課堂老師的介紹，讀完一本棒極了的書《週期表》。從薩爾茲堡搭車到蘇黎世，再搭機到倫敦的途中，我也就再買一本《週期表》。

李維從沒喪失他出身的化學本行。只是，在人的問題和化學的科學之間，身爲科學家的他不再是看不見的觀察者，所有所謂客觀的科學都開始有了主觀的故事和歷史。李維用人文的眼神凝視科學，顚覆了幾百年在科學與人文的爭執中，永遠只有科學在打量著人文的處境。

他曾經寫詩、寫評論，也寫過完全符合嚴格西方定義的長篇小說《若非此時，何時？》。然而，大多的評論家公認《週期表》是他最成功的文學創作。這本一九七五年出版的「小說」，在濃厚的自傳色彩中將化學元素化爲個人的隱喻，彷如也是宣告他的記憶，開始努力從集中營的經歷中，再回到一切還沒發生的原點。

第一章的氬，追溯祖先的脈絡，從古老猶太傳統到杜林的定居，而李維是最後登場的一個角色。從氬到鋼，李維度過了他的青春期到第一份差事。這是《週期表》的第一部分，也是最愉快的人生，他發現了自己擁有傾聽的能力，而別人也有告訴一切的意願。

第二階段是磷到鈽，從他失去自由到 Lager（營）處的囚禁。第三階段則是鉻到釩，談及戰後的一切，在重新適應原來城市的過程，他已經失去了昔日用浪漫眼光看待化學的悠哉心態。他必須面對現實的需要，重新架構自己的價值觀和視野。

碳出現在最後倒數的階段，一種「時間不再存在」的元素，是一種「永恆的現在」。特別是，李維指出，這樣的平衡狀態將導致死亡。碳和人類的肉體是不同的，它擁有永恆的質性，李維選擇它暗喻自己化學生涯的結束和作家身分的重生，卻也不知不覺地預言了在面對創傷記憶的漫長奮鬥後，雖然度過四十年的煎熬，最後還是選擇了一種永遠平靜下去的結束。

尋找詩的希臘
——希臘詩人李愁斯

一九九五年的夏天，第一次到愛琴海。雖然沒有預設太多的旅程，希臘詩人李愁斯（Yannis Ritsos）卻是少數我想尋找和接近的目標。

更早以前的年紀，也許是八五年前後，剛從醫學院畢業時，我開始接觸李愁斯的作品，立刻著迷，除了設法訂購所有可以找到的英譯本，甚至還翻譯了一輯他的詩作。偶然和夏宇聊起，才發覺她也是李愁斯的讀者，於是又從她那兒借了好幾本李愁斯的詩集。透過李愁斯，希臘開始再現在我的認知地圖裡。後來，再加上安哲羅普洛斯（Theo Angelopoulos）的影片膠卷，愛琴海的呼喚更強烈了。

我抵達雅典，先參加了一個會議，青少年精神醫學世界大會之類的，偶而在會場外和幫忙接待的幾位希臘女子聊起來，才知道原來李愁斯已經過世了。那個年代網路還不太發達，更沒有維基百科，我是久久以後才知道是他一九九〇年就去世了。如此一來，原先要去他隱居的薩摩斯島（Samos）的企圖也就落空了。

「不如去莫奈姆瓦夏（Monemvasia）吧。」她們說，那是他的出生地。至於另外一個目標，塞瑟島（Cythera），在安哲羅普洛斯電影中，彷如台灣的綠島，當年專門囚禁希臘政治犯的島嶼，地圖上找不到，她們也不曉得。

而莫奈姆瓦夏是遙遠的，至少從交通上來看。

我既捨不得觀光客必去的幾個島嶼，又想到這個傳說之地，於是在幾個島嶼之間跳島前進。

後來的旅程終於到了克里特島（Crete）。在這個愛琴海最大的島嶼上，為了能繼續前進，我離開了觀光客，走向唯一的選擇。我只能取道從克里特最西端的偏僻小港卡斯泰利（Kasteli）搭夜行的汽輪到基瑟拉島（Kithera），再設法轉向傳說中的詩人故鄉。

午夜的碼頭候船者沒幾人，男男女女六、七人扛著大背包，全是自助旅行的遊蕩者。巨碩的汽輪終於進港，黝漆的黑暗中，看不見的對岸忽然火光四竄，原來是夏天乾燥的灌木林起火了。黑暗，野火，遊輪，一切的希臘忽然十分超現實。

過了兩天，換船，等船，終於到了莫奈姆瓦夏。小小的一個山城，全是石塊堆成的，和希臘的陸地有一長橋相連，只是到了城門口，車子一律禁止行駛，除了驢子。

因為回雅典的船隔兩天才有，這意味著沒有任何匆促趕路的可能，於是我繞遍了這小城每一角落，不知不覺也慢了下來。

李愁斯出生的故宅就在小城門入口的左側，他的墳墓則是在城門百步外的墓地。連續兩個傍晚，我都是在他墳前遊晃。不是詩意的沉思，只是休息，居高眺望夕陽餘暉。

第一個傍晚先是遇見一位來觀光的女老師，她也是來尋找李愁斯的墓。她抓著我不斷喃喃著破碎難解的英語，甚至還唱起歌來。我知道她在述說著他的偉大，還有，許多他膾炙人口的詩所改編的歌曲。我自己聽過好幾首他的詩改編的歌曲，在七〇年代與瓊・拜雅同時齊名的娜娜，就唱了好幾首。這是希臘的傳統，詩是用來歌唱的，直到今日。後來又來了一位老太婆，由女兒陪伴前來。她也主動搭訕，知道我是來看李愁斯時，興奮地要女兒翻譯，原來當年她當過李愁斯家的奶媽，李愁斯就是她一手抱大的。

第二天傍晚我又去了。這城太小，連山上的碉堡殘骸都逛遍了，我只好又回到這裡看落日。一位父親帶著兩位青少年兒子待在墳前。遠遠看著他們的表情，就知道爸爸正熱情地敘述當年年輕時，李愁斯的詩是如何成爲他青春記憶的一部份；然而，離革命年代有些遙遠的兒子，也許正值青春期，一臉不屑的表情。後來他們看見我，打過招呼，知道是一位台灣來的李愁斯迷，爸爸更是興奮了。我問起墓碑上希臘文的詩句，不擅英文的父親著急地用希臘語向兒子說明，再由就讀高中的兒子勉強翻譯。我抄在記事本裡，可惜後來這記事本在後來的旅程中掉在捷克的山區了。

山城只有一條街，兩、三家旅館，街上全是針對觀光客販賣的手工藝品店。這樣短短的一條街，我來回不知走了多少次，每一家店的每一角落都逛遍了，始終沒有任何和李愁斯相關的紀念品。最後在一家店的老藝人的工作檯旁，看到一個李愁斯的雕像，是平面浮雕的石膏原作，還沒翻模。我忍不住問是否可以出售。店裡女老闆是老藝人的女兒，她幫我翻譯，我說著自己對李愁斯的喜愛，還有，曾翻譯並發表李愁斯的作品等等。正在雕刻的老藝人，想一想後，還是拒絕了。

次日，我沿著崎嶇的石塊路，拖著行李，就要搭船離去了。經過了這家店，女老闆不在，老藝人卻主動招呼我進去。不會任何英文的他，沉默地將牆壁上的浮雕拿下，用報紙等仔細包紮成壓不壞的小包裹。我拿出錢包，還沒開口，他就微笑揮手，搖頭拒絕了。

我一直小心帶著，攜回台灣。直到現在，還掛在我書桌前。

後來，回到雅典，在唱片行憑封面的電影劇照找到《塞瑟島之旅》的音樂原聲帶。我問店員：這島究竟在哪裡？兩人比手畫腳半天，原來就是基瑟拉島，我才剛剛坐船路過。

因爲翻譯的緣故，這島的名字在法文裡成爲Cythére；傳到英文，再變成中文，基瑟拉島就變成塞瑟島了。後來，我才知道，希臘文直翻英文的C字母，一律都念成「k」。

離一九九五年許久以後了，我對希臘的著迷依舊，對希臘的了解在一步又一步的尋找中繼續看見。

詩，一種活下去的方式

1

在一篇介紹希臘出版界狀況的文章裡，一位出版商這般說著：「希臘人有兩大雄心，出版自己的詩集，或是當個出版商——出版自己喜歡的。」希臘的書店充塞著無數的詩集，而廣受歡迎的詩作更是屢見不鮮。其他的歐洲國家在工業革命以後，隨著布爾喬亞的品味而選擇了小說作爲主要的教養和休閒；然而，在希臘，小說的魅力卻是遠遜於詩的。

希臘的歷史不同於其他歐洲國家。儘管古希臘文明是西方文化的根源，但現代的希臘卻是歷盡無數異族的侵入，最後在一八二一年獨立戰爭後，才逐步結束了奧圖曼帝國（土耳其）四百年的統治。

隨著獨立，官方指定了十八世紀末新創的一種文字「簡潔語」（purist），作爲法定語言；所有的正式場所都必須用這種簡潔語：政府、商業、收音機、報紙和學校。然而，人們日常生活裡經常使用的卻是「通俗語」（demotic）。通俗語是十一世紀開始流傳的，目前的語法和十五世紀拜占庭帝國時代差異不大。簡潔語是稠密而綜合性的，通俗語是迂冗而分析性的；希臘現代文學的發展，隨著十八世紀時民間詩透過通俗語而具形後，也就捲入了這兩種語言之間熾烈的爭執；直到通俗語取得優勢。然而，語言的課題並未完成。通俗語有著豐富的指涉具體事物的字和句，但卻缺乏藝術和科學範疇裡抽象意念的字詞。這些語言的課題，成爲希臘現代文學的挑戰，也促成了豐碩的成果。

希臘詩從荷馬的經典作品開始，歷經了基督教、拜占庭和中世紀各個時代，在奧圖曼帝國，終於在民間歌謠中找到了出路，進而在獨立後開始盛放，出現了安德里亞・卡爾佛（Andreas Kalvos）[1]，迪奧尼修斯・索洛莫斯（Dhionysios Solomos）[2]，科斯蒂斯・帕拉馬斯（Kostas Palamas）[3]和卡瓦菲（Constantine Cavafy）[4]等著名詩人。

到了三〇年代的當代希臘文學，隨著希臘在小亞細亞的挫敗，以及世界各國爲社會而文學的傾向，知識份子思考希臘前途的同時，也開始思考以散文（小說）來取代領導當時文學主流的詩。主張這一看法的知識份子認爲，當時的詩並未能解決幾個主要課題和當時的需求：詩沒辦法解決語言問題，因爲除了卡瓦菲，當時的作品幾乎沒法結合通俗主義（demoticism）；閱讀人口的持續侷限，造成民族文化的障礙；當時都市化的要求；還有，詩在當時似乎已經無法適應環境了。整個西方歐洲的經驗開始湧進希臘，知識份子也期待小說能在民族文化中扮演著現代化（或者歐洲化）的角色。然而小說在希臘文學中卻沒有西歐文學傳承的基礎，除了卡山扎基斯（Niko Kazantzakis）[5]，加上另外三、四位略有成就的小說家，再也沒預期中的衝擊了。

相反的，前述幾個課題卻被詩一一克服了。四十年代的希臘現代詩又激起新的高峰。除了日益受到重視的卡瓦菲外，新躍起的詩人主要以雪菲利思（George Seferis）[6]、伊利提斯（Odysseus Elitis）[7]、李愁斯（Yannis Ritsos）[8]最受矚目。其中，雪菲利思和伊利提斯分別在一九六三年和一九七九年獲得諾貝爾文學獎，而李愁斯則是一九七七年獲列寧獎。

2

李愁斯的作品是當今希臘詩人中最被廣泛翻譯的，特別是在社會主義國家裡；但是他也屢次獲得西歐地區的許多文學獎，即使是最忽略他的英美地區，也有十餘本不同的詩選譯本。法國超現實舵手阿拉貢（Louis Aragon）曾在一九七一年法國知名的文學雜誌《法蘭西文學》（*Les Lettres Françaises*）上公開撰文推崇，標題就直接題為：「最偉大的當今詩人名叫約尼思‧李愁斯。」他幾乎囊括了東西兩大陣營的主要國際文學獎，也屢獲諾貝爾獎提名，但在另一位同時提名的希臘詩人伊利提斯獲獎以後，恐怕是沒機會了。

從一九〇九年五月一日出生在庇里奔尼徹斯的莫奈姆瓦夏以後，他的一生充滿永無止境的苦難，始終與疾病和政治的迫害相對抗。他的父親原是地主，一九二四年，李愁斯隨著大批撤退的希臘人來到雅典，繼續中學教育，同時也靠抄寫法律文件和其他僕役工作維持生活。兩年後，十七歲的他發現自己也罹患結核病，從此五年在療養院渡過，也開始他終生最重要的兩大職業：寫詩和繪畫。這時，他接觸到馬克斯主義，促成他終生參與共產黨。

經歷了幾個療養院後，結核病終於穩定下來，他在雅典許多劇場團體裡擔任舞者和演員的工作。一九三四年出版第一本詩集《拖曳機》，開卷的第一首詩所呈現的信仰，呼應了他一生的災難：詩，是一種活下去的方式。他的詩成為母親的代理人，自始至終的要務就是要讓那些註定受災難和倖存的女性群衆出頭。在第二本詩集《金字塔》後，他寫下長詩《墓誌銘》（一九三六），一位母親慟哭著罷工中因為警察野蠻鎮壓而死的兒子。這詩集廣受歡迎，第一版的一萬册銷售一空，他成為希臘衆人所知的詩人之一，卻也因而遭到當時美塔克沙斯（Metaxas）極權政府的公開焚毀。不久又舊病復發，他不得不回到療養院，甚至到二次大戰數年間都是在臥床養病，但大量寫作的習慣依然持續。他的作品開始脫離格律的限制，教條式的描述明顯減少，但音樂性卻大大提昇。

戰後的第一次內戰，他投入北希臘的「民族解放陣線」（EAM），替馬其頓人民劇場寫劇本，直到停戰才回到雅典。然而第二次內戰時，他立刻被捕而在集中營度過四年，但依然寫著詩，包括《流亡記事》三部曲等作品，都是藏在瓶子裡的。直到一九五二年釋放回雅典，他在報社工作，加入「左翼民族聯盟黨」（EDA），和薩摩斯島的一位女醫師結婚，作品也開始固定出版和發表。一九五六年他以《月光奏鳴曲》獲希臘國家詩獎，作品開始受到國際間的矚目而翻譯成其他語文，特別是法國。他也經常前往東歐各國和蘇俄。

一九六七年，因爲政治信仰又遭帕帕佐普洛斯（Papadopoulos）軍事政權拘捕了。這次的拘禁立刻遭到國際的抗議，成千的藝術家和作家爲他署名，包括畢卡索、波蘭作家葛拉軾與亞瑟・米勒、聶魯達、沙特等人；迫使軍事當局次年將他改放逐到薩摩斯島，直到一九七〇年。

一九七二年檢查制度取消，他的作品才再度得以發行。國際間的文學獎項陸續湧進，包括 Knokk-Zout 國際雙年詩大獎，保加利亞 Dimitrov 國際獎、法國 Alfred de Vigny 詩獎、西西里 Etna-Taormina 國際詩獎和蘇俄列寧獎等，另外獲選爲德國美茵茨學院和法國馬拉美學院的院士。

3

在當代詩人中，他和同輩的中南美洲詩人聶魯達（Pablo Neruda）是最常被相提並論的。他豐碩成帙的作品，在所有知名作家中，可能也只有聶魯達堪與比擬；而且，他和聶魯達都是共產黨員，也是「人民詩人」，不論意識形態或寫作上的參與態度，都有相近之處。然而，他和這位智利詩人最大的不同，是他緣自民間歌謠的血脈。他的作品往往是市井小民琅琅上口後，然後才受到知識份子的喝采。也因爲如此，希臘知名作曲家特奧多拉奇斯（Milis Theodorakis）將他的許多作品編譜成曲，更是促成他的作品在民間廣泛流傳；其中《Romaiosyni》一詩所譜成的歌曲，成爲希臘左派的國歌。

除了創作，他也翻譯各國的詩，包括土耳其的希克梅特（Nezim Hikmet），古巴的紀廉（Nicolas Guillen），蘇俄的馬雅可夫斯基（Vladimir Mayakovsky）、布洛克（Alexander Blok）和愛倫堡（Ilya Ehrenburg），匈牙利的約瑟夫（Attila Yiosef），法國的艾呂雅（Paul Eluard），還有米修（Nervaland Michaux）、朶拉・

嘉博（Dora Gabe）等人作品。從這份名單裡，可以看到他涉獵的廣泛：幾乎二〇年代到四〇年代所有活躍於國際間的左翼詩人，不論前衛派或現實主義，全部包括了。而這些翻譯工作也豐富了他的技巧和視野。

他雖然面臨重重的限制，政治上的放逐、疾病的隔離、甚至手術，但這一切反而成爲他繼續創作的力量。正如他自言：「在警哨的嗅鼻下」完成的。根據他喜歡附上日期的書寫習慣，可以知道他每天可以寫三、四首詩，集成難以計數的出版作品。唯一可以查到的數目，是一九七八年他六十九歲時，總共已有七十七本詩集、兩本戲劇、一本散文、和十六本譯作。亦有資料提到，共有一百二十一本作品，但不是很確定。

要從這衆多的作品裡仔細敘述風格是不太容易的；每一册的衆詩裡都有著相關的意象和主題在重覆中呈現差異；每一作品反映著希臘的風景和歷史，其中的象徵，再現了詩人在現代希臘中所看到的困境。李愁斯個人身處極權下的經驗，成爲最主要的思源。譬如在一九七五年《遠方》詩集裡，一九六七至七四的軍事政權就再三呈現，但不是赤裸的教條指控，而是日常生活中更深沉的意象。如《邁向週末》一詩：

深沉的聲音在更深沉的黑夜傳來。
於是坦克經過。於是天亮。
於是聲音再度傳來，更短促，更逼近。
牆是白色的，麵包紅的。梯子
幾乎都是垂直靠著街燈。老婦人
撿拾黑石頭一個一個的放入紙袋裡。

這是李愁斯在這個時期的典型風格，也是他幾個成熟階段之一：沒有權威口吻的評論，沒有具操控性的叙述者聲音，只有現實生活中呈現的赤裸影像，但這些影像卻隱約有著深夜夢魘的折磨。

還有另一首經常收入各類選集內的詩《那聽得見和聽不見的》：

突然出乎意外的動作：他的手
快快抓緊傷口止住血流，
雖然我們沒有聽到任何槍聲
也沒呼嘯的子彈。過一會兒

他放開手並且微笑，
但再一次慢慢移動手掌
按向同處。他掏出錢包，
禮貌地付錢給侍者，離去。

然後小小咖啡杯自己破裂了。
至少這是我們聽得清清楚楚的。

他透過日常生活中隨時可以看到的背景，十分明確地告訴我們：人的生命處在軍事極權下，顯露出瓷器一般的脆弱，而且一個人不用去看不用去聽，就可以在每天的街頭證實了。艾呂雅等人的超現實主義的影響是明顯，但他進而以更日常生活的意象、更公開的方式指向社會政治。他的超現實不再是潛意識的混亂，相反的，這無人的語調反而令人想起卡夫卡的寓言。

4

他在六〇年代《月光奏鳴曲》之後的一系列長詩裡，騰出了相當的空間在修辭上進行自我學習，例如《死屋》一九五九，《窗》一九六〇，《在山的陰影下》一九六二，以及重述古老神話的詩作。這些作品都是戲劇般的獨白，而敘述者都是女性。悲鬱的氣氛完全籠罩在囚錮的感覺裡，早年的直接控訴，早已被他呈現出的結構性的陰影取代了。

一九七〇年出獄以後，李愁斯過著深居簡出的生活。直到今天，他的詩集卻依然暢銷如昔。早年詩裡經常呈現的四海一家的理念，開始滲雜了淒涼的景象，幾乎「啞口無聲了，一點姿態也沒有」。從不止斷的生活悲劇，使得他的理想主義也蒼茫了。在《盲者聖經》（一九七二）裡有一首〈群衆之言〉裡，提到一個人「嘴巴張得大大的，卻是一個字也說不出來。」到了結束時，這麼寫著：

誰將允許對這些有罪者的任何原諒或懲罪？「我，」他大喊一聲。

「我，」他又喊了一聲。

「甚麼意思，你？」我們問他。他用剪刀剪下自己的左耳，塞進自己的嘴巴裡。

但是他還是用詩繼續說話著。

李愁斯曾經在私下和公開的談話裡，認爲個人和政治是始終不可分的一體；而詩人，應是「人性世紀末」的代表符號，希望藉由這階梯來提昇、喚醒人性的復甦。在他第一次遭囚時的一首長詩《燻黑的陶鍋》，詩成爲人和人互相殘害時維護理想之媒介；詩是失去自由之囚犯的代用食品。對李愁斯而言，不論困境或破滅，詩還是不變的：寫詩就是一種使生命繼續活下去的方式。

二次大戰以後，世界分成美國爲首的民主世界和蘇聯爲首的社會主義國家。然而，在西方的民主陣營中，其實還是有許多極權的軍事統治國家，包括西班牙、希臘和我們台灣的中華民國。

希臘在二次大戰後，曾經一度被納粹德國同盟的義大利法西斯占領的人民，一度以爲可以不再被康士坦丁皇族的君王統治了。在共產主義和反共產主義之間的混戰中，李愁斯加入了共產黨游擊隊。然而在一九四九年徹底失敗後，他被逮捕入獄，坐了四年的牢。

而希臘，在美國馬歇爾計畫下，經濟的成長讓左派式微，右派則和軍事強人連結成軍政商聯合體。在一九六五年將康士坦丁皇族趕下台，卻進入了軍事集權的時代，從此社會主義的抗爭又興起。這股力量在一九七四年推翻了軍事強人。

一九七五年，希臘在西歐和美國的壓力下，才終於恢復民主選舉。這樣的演變過程，對八〇年代還在戒嚴的台灣而言，提供了很多想像。當年，台北國際影展舉辦希臘電影特展或安哲羅普洛斯專題展時，坐上的觀眾有不少是當時政治運動的活躍份子。

李愁斯在薩摩斯島的軟禁，在一九七一年代解除了。一九七四年的民主運動，讓他的詩又再度傳唱在希臘人民之間。

然而這時的李愁斯似乎身體不佳了。年輕時的肺結核雖然痊癒，卻對身體健康造成傷害，他只能寫詩，不再參加太多活動，也就繼續住在他被囚禁的薩摩斯島。

儘管如此，正如他最被傳唱的《月光奏鳴曲》：「我知道我們每一個人都是孤獨的，孤獨走向愛情，走向信仰和死亡。我知道。我也嘗試過。但這還是沒用。讓我，和你一起同行吧。」

一九九〇年他去世於雅典。二〇一四年他的女兒艾麗（Eri）代表希臘共產黨，競選歐盟議會的席次。

（本文感謝詩人夏宇提供資料，曾發表於《現代詩》一九八七。這裡的文章又配合出版重修）

變形

這位婦人有好幾位愛人。而今
她厭膩了；她不再吹乾頭髮；她不再
用鑷子一根一根除去嘴邊的細毛。
她躺在寬大的床鋪直到中午十二點。
她將假牙放置枕頭下。男人們
在房間之間赤身穿梭來去。他們經常
走進浴室，小心關上水龍頭，
穿過時趁機放一朵花
挺直在桌面中央，悄然，駭人，如今已沒壓力，
沒有不耐與鹵莽了——壓力畢竟是
瀕死時最容易辨識的。他們濃厚的體毛
逐漸疏薄、衰頹、斑白。躺臥的婦人
闔上眼睛，以便不用再看到趾頭，
充滿了繭，變形的——這位一度雍容華貴的婦人。

她甚至沒法如願地閉上眼，
臃腫，沉溺在她肥胖裡，鬆懶。
就像革命數年後的那些詩。

希臘

破損的葡萄幼苗、石頭、荊棘、陶壺。
田原的小徑已經廢蕪。房舍深鎖經年。
梵各利從那時也就不再回來。餐桌後邊
你可以看到一片海，深藍色。他賣掉他的馬
在最艱難的那幾年——一匹紅褐色的馬
左眼有著白色斑點。一片海鷗飄下的羽毛
掉落在枯乾的樹枝裡。老婦人站在門口
走過街道，說：「我的孩子，必需有這種小事
才可以讓生命活下去。」我不回答，看向遠方。
他在胸口劃個十字而走向前，彷彿是要吻
那老婦人的手，或是那飄下的羽毛。

簡單的意義

我藏匿在簡單東西的背後，所以你可以找到我；
如果找不到，你可以找到那些東西，
你將觸及我手掌曾經觸及的，
我們的手印於是浮現。

廚房裡閃亮著八月的月亮
像鍍錫的平鍋（因為我的提及而變得這樣子了），
照亮了這空蕩蕩的屋子以及這屋子跪落的寂靜——
總是這寂靜持續跪落。

每一個字都是一扇門
通向一次會晤，一次經常取消的會晤，
而且這個字將成真：當會晤中繼續堅持時。

飢餓

夜帶著一張嘴溢滿無語的水走過。天亮之際
陽光浸灑在彎捲的鐵絲上。
臉影、桅影，海上航行——
舉目只有這一切——我們的飢餓不得滿足。

這人在山的另一側疾呼；另外有人
在重重森林後；還有另外的，另外的人
落日的距離內——我們該奔向何處？
哪一條路優先？我們可能是疾呼的人？而群山
日益龐碩尖峻，如同飢餓的牙。

夏天

這四扇窗子在屋內懸起了
天和海的四行韻詩。

寂寞的罌粟是一只手錶
戴在夏天的手腕上，說
午時十二點了。於是你感覺
自己的髮絲陷入太陽的手指裡
任意地掌玩你，在陽光中，在風中。

也許，有一天

我願帶你去看看那些夜裡鬱鬱的玫瑰。
但你看不見。這是黑夜——看得到甚麼呢？

現在別無選擇，只能借用你雙眼了，他說，
如此我不再孤獨，你不再孤獨。真的。
甚麼也沒出現於我所指的那裡了。

只有星子們擁擠在黑夜裡，疲憊地，
像搭乘卡車野餐歸來的人群，

失望，飢餓，沒人唱歌，
汗黏的手握緊一朵凋萎的野花。

但我依然堅持帶你去看看，他說，
如果你也看不見，一切將彷如我不曾有過——
至少我會堅持不再借用你雙眼——
也許有一天，從另一角度，我們會相遇。

破產

週五，週一，週日，週三，週六又來了——
我們忘記了日子的秩序。門，窗，顏色
靛，橘，紫，絲柏樹，一面旗子上有個洞，
一根煙，兩根煙，山。雲走過。在暮光中
街燈早早亮開。女孩們瞧著他們躺在瀝青上的
破碎的臉。濛濛細雨落著。死者的屍骸
夜裡被人祕密移走。昨日以後

他們已經重新粉刷了這牛奶店。偌大的窗戶後面
可看見三個幫手賣力刷地板。放路旁的桌子已濕了。
灰色的樓廂是皮索昔日演講的地方。
他總是談著勝利。他如此堅信。再也沒人看到他了。
詩作依然從頭到尾密封著。空氣不曾換新。

關門的馬戲團

頭一個月他們查禁了交通和娛樂。沒船出現海面。
關了門的馬戲團當然比我們都更難受。有一天
兩個小丑出來了，穿著更寬鬆的戲服，戴著小丑帽，
七彩的小丑帽，搓粉的鼻子，畫著幾滴眼淚。
他們在街道中央表演，用小手鼓盛放銅板。
但沒人發笑。於是他們痛心地哭了，
沖走了他們畫上的淚，弄髒了整張臉。
一個傍晚
他們被逮捕了，雙手遭綁，他們被帶去巨大的建築裡。

第二天
睡醒時，天濃雲；廣場的帳篷已移開，包括籠子和馬車。
一個男孩在樹下發現一絡濕了的鬍子，如此而已。
他猶豫地戴上鬍子。「我要留下來給聖誕老人，」他說。

鬆落的百葉窗

我告訴木匠，告訴水泥工，告訴電匠，
我告訴雜貨店送貨的小弟：「修好這扇百葉窗；
這整個晚上，鬆落了，在風裡砰響，
教我無法入睡。屋主已走了。這房子快成廢墟了。
整整十二年沒人出現在屋子裡。修好它。我付帳。」
「我們沒有這權利，」他們說：「我們不能干擾。」
「屋主離開了。那是陌生人的房子。」這正是我期待的，
我希望他們說，承認他們沒有權利。
恁隨那百葉窗去吧，恁它隨風砰響傳越花園，
傳越長滿蛞蝓和蜥蜴的空水池，

還長有蠍子，那些空水槽、破裂的玻璃。這聲音
傳給我一個看法，允許我長夜安眠。

歸來

當你夜裡返家時依然不明白
是為何而離家，前門的門扣閃爍著濕光
源自古老樹木或星群的形上霧氣。而你不敢觸碰。
鑰匙轉動的聲響無法平靜任何東西。於是，
當你扭亮廳堂的燈光，一切東西都
封住了，貼著：「易碎勿碰」，
用繩索緊緊綁著。「梵各利，」你大喊：
「梵各利，梵各利。」你等待著。你的聲音
傳出了巷弄，折回來，攀上樓梯。
沒人睡在第二張破壞了的床榻上。

戒禁之罪

盲人正佇立車站。婦女們攜帶卡紙盒子
走出火車。在唯一的樹木下
他們留下了鋤頭和鏟子。我不知道那是甚麼，他說，
是甚麼使得屋子、雲彩和街道變成這樣。我不知道
真的是在這裡還是身置他處。午時繼續運行。從金黃
轉為蒼灰。在小旅館的門板上
你可以看見一隻張開的手印——鮮紅的，
也許是紅墨水或是血。天啊，他說，
那不是我的手。而他張開雙手，
洗過，淨潔，掌心中央有個洞穿過。於是馬上
雙手掩住了面孔，以防揭顯了
這罪過；他感到愧疚，因為那血也不是他的。

抵押書

他說：我信仰詩、愛情、死亡——
我正是我信仰不朽的原因。我寫下一句詩，
我寫下這世界。我存在，而世界存在。
一條河流從我小指尖緩緩流出。
天空是七次的藍。這般清澈
是最初的真理，是我最後的希望。

習慣性的驚訝

他們自己分成兩隊，這邊一隊，那邊一隊。
他們沒有一人留在中央。他們脫下了衣服，
領到制服——沒一人剛好合身的。這兩個團體開始——
當然，是各自地——交換衣服。在這混亂的
出發點，隨著來自這陌生、未知且不合適之服飾的
未界定的恐懼，他們突然聽見

城裡傳來隆隆的鐘響。統治者被殺了。守衛要撤掉了。門全鎖上了，昇降梯也不動了。他們赤裸著，拿著褲子揮搖，呼喊那些拿著旗子在底下街頭走動而不理的人們。於是皮帶綁成繩索就這樣赤裸地溜下中庭，而那兒也是鎖著的。

一個寂寞男人的夜晚

多麼悲傷的擺設呀，一個寂寞男人的房間。
桌子是一隻動物因冷而凍得僵硬，
椅子是小孩迷路在大雪紛飛的森林，
沙發成為赤裸的樹遭風圮倒在庭院裡。

片刻之間，就在那兒
一個渾圓透明的安靜即將形成，
如同釣魚船上方玻璃桶子，
而你，因為苦痛而整個人彎在那空洞裡，

透過玻璃凝視著清澈發亮的海洋深層
以及水晶的、深藍的罅隙，
以及異國的海洋水草，
如此許久凝視著那玫瑰色澤、無懼而碩大的魚及其君臨姿態，
而你不知道這些景色是埋伏地躺著還是將爆炸，是掩藏著自己
還是作夢中，

因為它們的眼睛張得如此地大，以致像是緊緊闔閉了。

最後這個分析，是無關緊要的。
也許單單它們美麗而不動的姿態，一切也就夠了。

疏離

只有一朵花浸沉在它的芳香裡，
一張臉龐泊碇在它的微笑裡，
——它存在？它不存在？——失落。

如果你對它說話，它變得如同千百年來的
困窘、為難，不知身置何處，也不知
採取怎樣的表情，這也許就是某種答案。

它是一座石造神祠位落古老的、廢棄的道路上。
有時，臨晚時分，他走下大理石階，
在石堆間採集野花，
編成花環而掛在自身的神像上。有時
一隻迷途羔羊站在那兒彷如祈禱，
不全然明白地，慢慢咀嚼這枯萎的花環。

附註

1 生卒年爲一七九二至一八六七。
2 生卒年爲一七九八至一八五七。
3 生卒年爲一八五九至一九四三。
4 生卒年爲一八六三至一九三三。

5 生卒年為一八八三至一九五七，即《希臘左巴》、《基督最後的誘惑》的原作者。

6 生卒年為一九〇〇至一九七一。

7 生卒年為一九一一至一九九六。

8 生卒年為一九一二至一九九〇。

參考資料

⊙ M.B.Raizis "Yannis Ritsos: four new collection" word Literature Today, Summer 1983.

⊙ Edmund Keeley tr. "Ritsos in Parenthesis" Princeton U.P.1979.

⊙ Edmund Keeley tr. "Exile & Return." 1967-1974 "Ecco press, 1985.

⊙ Minas Savvas tr. "Chronicle of Exile" Wire press, 1977.

⊙ Peter Bien "The Predominance of Poetry in Greek Literature" World Literature Today, Spring 1985.

⊙ Denise Harvey "Poet, Priest and Politics" New Stateman,12 June 1987.

在世界盡頭，有螢火蟲的亮光

1

尼泊爾地震的畫面出現在電視上的那一刻，腦海立刻閃過的念頭，老實說，十分慚愧的，不是任何的悲天憫人。

透過螢幕上的景象，意識到所有的古蹟幾乎全都傾圮了，過去一座又一座美麗的古老廟宇，如今化成爲一堆堆的瓦礫，當下浮現的是：「怎麼會這樣呢？我才正打算要去拜訪……。」

這樣的心情十分矛盾。明明知道私己的欲望，必然是搶先浮現的念頭，是內心的眞實感受；只是，永遠去除不掉的超我，還是忍不住認爲自己面對這樣的悲慘時，內心浮現的應該只能有悲哀的感覺，至於這些私己的欲望自然是應該退場的。

但事實並不是如此。

旅人是孤獨的，這是很多人都提到的；只是，旅人不只是孤獨，也許眞的也是自私的。至少，我是這麼認爲。

這些年來，隨著溫室效應，大自然災難似乎只有逐年增多，一點也沒有稍稍減緩的可能。有些我還來不及去拜訪的地方，像尼泊爾，再也不可能了：這是私欲所感覺到的遺憾。同樣的，有些我曾經去過的地方，如今別人和我也沒有機會再次前往了：這又出現了忍不住要炫耀的私心。

於是，當基本教義派的伊斯蘭國ISIS，摧毀了占領地的所有異教徒的遺跡時，心情是直直地跌宕落下，久久不能忘卻。尤其美麗的阿勒波（Aleppo），也在炮火中消失了。這城市是人類最古老的定居點之一，考古學發現西元前第十一個千年，遠在所有的人都還在游牧遷徙的時候，就出現這個許多人一起定居的古老城市了。

2

阿勒坡這個城市原本就是十分熱鬧的，幾千年以來就是如此。即使到了今天歐美文明無所不在，這裡仍沒有太多現代的西方痕跡，依然是相當繁榮的城市。城市每一個角落都是古蹟，包括美麗的古堡阿勒坡衛城和烏馬亞德大清眞寺，還有像迷宮一樣教人有理由迷路而流連忘返的麥地那市集等等。如今，根據新聞的報導，這座古老的城市已經淪爲一片廣大的廢墟了。

至於新聞沒有報導的，同樣是屬於叙利亞的古文明遺跡，包括大馬士革古城、布斯拉古城、巴爾米拉古城、克拉克騎士城堡和薩拉赫丁堡，恐怕也是同樣的命運吧。

這些地方是我七、八年前參加旅行團時曾經前往的。

對於向來只願意自助旅行的我來說，這樣旅行團是很難得的經驗。當時的西亞雖然沒有戰火，卻是不容易安排旅行。如果不參加旅行團，恐怕連簽證都拿不到。

然而，那一次旅程卻是出乎意料的有趣。我們不只是有一位極其傑出而博學的導遊，同時也認識了同行的人，有些後來還一直聯絡而成爲好朋友。

當新聞開始熱烈報導的時候，阿勒坡這個城市的名稱不斷在ＢＢＣ這類的新聞裡重覆地呼喚著，我也跟著興奮起來，總是對著周邊的人，十分熱烈地說起當年的旅程：那些美好的城市，充滿異國情調的古蹟，還有，人類歷史的發源地。我是如此的熱切，說著說著，夾雜著誇大和炫耀的心情，不禁又回到當時旅程中的驚訝和喜悅。而這樣的一股感覺，與電視新聞報導中的悲劇並排，自然是十分地突兀，許多日子以後重新回想起來，確實是有些尷尬。

3

既然溫室效應以後，這個世界是永遠不再穩定了，我們的旅程也就出現了許多的不確定。

有些朋友的旅程，比我們所經歷的還誇張。兩個到大阪旅行的朋友，被激烈的地震搖醒，好不容易走出大樓的大門，眼前看到的是倒塌的高架公路。

有位朋友全家從普吉島旅遊回來，在漫長的睡眠以後，第二天早上還沉醉在旅行結束後例行的美好和疲憊中。沒想到打開報紙，赫然發現，在他們離開沒多久後，整個普吉島就被前所未有的海嘯吞噬了。

這樣超級戲劇性的經歷，我自己沒有遇過。然而，我曾經遭遇過的，也許不是那麼出人意表，但也是十分夢幻的。其中，包括紐西蘭的基督城。

那一次是二〇一〇年的農曆新年，在訂不到機票的情況下，臨時決定到南半球旅行。

我自己旅行時，向來不喜歡安排到南半球或北美這樣的地方。對我而言，大自然神奇的景觀，比不上人類文化的歷史故事，也比不上原始民族的風俗習慣。

只是這一次在紐西蘭南島的旅行，剛好是網路開始成熟的時期，旅行也就有了許多新的樂趣。我不只可以在網路上找到許多住宿和交通的資料，因此可以依自己的喜愛選擇不同特色的住所。同時，在紐西蘭這個觀光業發達的國家，更能在網路上針對行程提供各種組合方式。

而事後的體驗也更進一步地證明，當地旅行社所提供的安排，例如從這個行程到下個行程，每一連接過程都是考慮周全，讓人覺得十分體貼。

就這樣，我們在奧克蘭轉機，飛抵基督城的時候已經入夜。

4

一個人站在黑暗中，是無法辨識這個城市的任何面貌的。我們的旅館就在基督城大教堂旁邊。然而，剛剛抵達的時候，站在房間的陽台朝外觀望，只能聽到樓下酒吧傳來的熱情喧囂。

等到我們在南島待了十天，繞了整個島一圈又回來，終於可以在這個城市放慢步調，好好看看它的樣貌。

以亞洲的標準來說，三十五萬人不到的基督城，其實只能算是個小鎮。這個被稱為「花園城市」的小鎮，的確名符其實，到處都是森林和草地。而在陽光普照的地方，幾乎都可見大人陪著小孩玩耍。

這一趟旅行的最後兩天，我在基督城遊蕩。我們走到當時熱門的《哈利波特》電影裡的景點，拍片時曾經借用的牛津大學基督學院，也就是電影場景魔法學校的學生餐廳。高挑的建築，咖啡色原木帶來古色古香的氛圍，這個所謂的餐廳，其實是基督學院具有百年歷史的圖書館。

我們在森林、花園，和古老建築之間穿梭，當悠閒的腳步抵擋不住轆轆飢腸的召喚時，剛好看見一家古老的比利時酒吧，也果眞提供著各種比利時小廠的啤酒和整桶鮮美烹煮的淡菜。

這樣悠閒的基督城，綠草如茵而陽光溫暖，一切是如此的不眞實，宛如置身在天堂一般。走在前面的朋友，忽然回頭笑說：「難怪是基督城！」

走過小河時，發現撐船（punting）有空位，也就坐了上去。這是和英國劍橋一樣的平底船。在打工的大學生輕鬆而技巧高明的撐篙下，我們以半臥的放鬆姿態穿過愛芬河，穿過兩岸移植自拿破崙埋葬之聖赫勒納島的楊柳樹。就這樣，輕輕鬆鬆地又再一次地穿越了這個城市。

5

船很低，水很近，不同種類的水鴨都游了過來。岸上來了一位大鬍鬚的白人中年爸爸，帶著他蹣跚才剛會走路的女兒。女兒拿著大片吐司麵包，整塊的餵著水鳥，一下子就聚來幾十隻將她重重包圍。我在船上，看這個小女孩似乎因被大大小小搶食的水鳥貼身包圍而面露驚恐，不由得也跟著擔心了起來，告訴同行遊伴：「該不會長大後，得了對鳥的畏懼症（ornithophobia）？」

顯然，我們的憂慮是多餘的。

下船後，剛好又步行回到那塊草地。才沒多久，小女孩已懂得將麵包撕開，再稍稍丟遠。旁邊的爸爸一邊看著，一邊重複示範，但一句話都沒說，只是微笑。小女孩因為年紀太小，運動神經發展得還不夠，撕麵包的動作十分笨拙，丟出去的距離也永遠不遠，但她依然快樂的玩著，再也不怕那些伸直脖頸比她還高的水鳥。

我們到城的另一端，又搭了另一段河域的撐船。這段河域也同時出租雙人的印地安獨木舟。許多大人和小孩合租一艘，一前一後的合作。大部分是外地的遊客，其中不少是亞洲面孔。

可能因為都是划船新手，獨木舟經常會撞在一起。沒多久，我們就能輕易分辨出撞上的是亞洲遊客，還是白人了。只要聽到的聲音是帶著指責口氣的，幾乎都是亞洲父母；相對的，白人的家庭則是大人小孩同時哈哈大笑。似乎，在玩耍的時候，亞洲父母還是很認眞扮演父母角色，自己從沒有眞正的開心玩耍。

離開的前一天，二月六日，正好是紐西蘭國慶日。傍晚時分，居民們一群一群的移向公園，一家人圍在地上，野餐毯子上有許多食物，家人則各自坐在帶來的輕便椅子上。整個國慶日大會像是小城的集體野餐日。

不同文化對待小孩的方式，影響的往往不只是小孩個性的不同，甚至是整個文化。我回來後的第一個星期跟朋友談起了這兩件事，不同的划船景象和不同的國慶日：「也許，從對待小孩的方式，就可以看出文化之所以不同。」

6

又過了沒多久，這位朋友忽然打電話給我，要我打開電視看CNN：我兩個星期前才離開的基督城，忽然一場地震，幾乎都毀了。

這是怎麼都想不到的。這樣的人間天堂在我們離開才不到四個月，一場未曾有過的大地震摧毀了半個城市。芮式七點一級的搖撼，連樹立在基督城大教堂前廣場上的基督城創立人約翰・羅伯特戈德利雕像，也都傾倒了。這個城市留給我們的一切記憶是如此美好，原本還考慮近年內要再度造訪。因爲如此，在知道地震的那一刻開始，忍不住追蹤著相關的新聞。

基督城市政府宣布了各地的災情，同時在地圖上標出哪些是危險地帶，不再適合任何重建了；哪些又是災情慘重，暫時還不能運輸交通。

我們仔細看著這地圖，還正研究這個被讚譽爲花園之都（Garden City）的基督城，包括夢娜維爾花園在內的六百八十座花園究竟還倖存多少。沒想到再六個月後，又來了一場巨大的地震。這一次雖然只是六點三級，但震央表淺，破壞力更大，連歷史悠久的基督城大教堂也垮了。

我們雖然震驚和難過，卻不知怎麼地，莫名的有一種想法：這城市的居民會再站起來，而且是更堅強也更眞誠地站在一起。

至少，從紐西蘭文學史上我最敬佩的作家珍奈・法蘭姆（Janet Frame）[1]身上，我看到這樣堅韌而陽光的精神。

7

珍奈・法蘭姆是紐西蘭的傳奇女作家，是繼短篇小說家凱瑟琳・曼斯菲爾德（Katherine Mansfield）[2]之後，最爲世人所熟知的紐西蘭作家。

曼斯菲爾德雖然在紐西蘭長大，卻長期留在英國。當時，她的小說在英國相當受到一般民衆歡迎。

因爲如此，當年還年輕的徐志摩留學英國劍橋時，沒有特別注意到同一個時代的另一位女作家，也就是後來被視爲女性主義和現代主義文學代表人物的維琴尼亞・吳爾芙（Virginia Woolf）[3]，反而特別鍾情於她。當時徐志摩還慕名而專程拜訪。

如果說曼斯菲爾德還是十分浪漫主義的，那麼法蘭姆則是帶紐西蘭文學直接跳到後現代主義。

法蘭姆的一生充滿傳奇。還是少女的她，因為向自己愛慕的男老師透露內心的抑鬱，卻被這位老師通報送到精神病療養院，從此遭到長期的囚禁，被迫接受各種藥物和至少兩百次電擊等等的治療。從醫生的眼光來看，她的病情實在太頑劣難以醫治，打算進行更進一步地大腦前額葉切除手術。幸虧在手術的前幾天，她的小說獲得紐西蘭文學大獎的消息傳來，才讓醫院的工作人員從另外一個角度思考她的症狀，放棄了手術。後來她將自己一生的故事寫成了小說體的回憶錄，被導演珍・康萍（Jane Campion）搬上了電影螢幕，使得她的人反而比作品還更為世人所熟知。

也許也是因為電影，法蘭姆這三冊回憶錄在台灣有了翻譯出版的機會。曾經有那麼一陣子，我迷上了非西方主流的文學作品和文化活動，從亞非拉第三世界，到瓦解前夕的東歐，最後又搜尋回到印度和澳洲、紐西蘭的英文文學。因為這樣的緣故，幫這一家出版社寫了幾篇關於法蘭姆的文章。

8

在這一趟旅程裡，嚴格說起來，我並沒有想到要去拜訪法蘭姆的故鄉。這一年的工作實在繁重，只想要好好休息，也沒有時間做太多功課，只是在網路上匆匆忙忙做了一個旅程的組合。於是，就這樣利用春節假期，我到了地球南陸一個沒被洪水淹沒的白人國境。我安排了一個放慢的行程，只想呆呆地坐在長程巴士上，慵懶的看看不同地形所化成的風景。因此，假期就從基督城開始，也從基督城結束。

我們抵達紐西蘭的第二天早上，立刻就從基督城搭乘長途巴士，前往更南方的但尼丁。路程很遙遠，位處於高緯度的紐西蘭，就好像斯堪地納維亞半島一樣，南北的距離遠遠比地圖上的感覺還更遙遠。經過了漫長的路程，中午長途巴士在一個叫奧瑪魯的小城暫停。半小時的休息時間，上個廁所買個三明治，就開始覺得無聊了。我們走到小小的遊客中心，才發現這裡有個法蘭姆博物館。

奧瑪魯這個小城是由一條漫長的大街構成，而博物館在停車場的另外一端。我們試著快步走過去，過了十分鐘，還是沒有看到博物館。因爲擔心巴士不等我們，最後只好折返回去。

旅行回來以後，再一次仔細地研究法蘭姆的生平，才發現她出生在但尼丁，母親家境貧窮，曾經在少女時代到剛從威靈頓搬過來的曼斯菲爾德家族裡當女傭。結婚以後，她的父母輾轉住過許多貧窮的小鎮，最後才在奧瑪魯落腳。

奧瑪魯這個小城經常出現在她的小說裡，代表著大部分底層的民衆，不同於曼斯菲爾德出身的那種貴族式的家庭。

成年以後她又回到但尼丁城接受大學教育，卻也在這裡因爲抑鬱而被送進精神病院，由於逐漸開始被認爲是精神分裂症，於是，一再地住進療養院。

9

精神分裂症這樣的診斷，讓她還是一直擔憂著。

當她因小說獲獎而拿到獎學金得以離開故鄉，離開這個在世界地圖上其實十分偏僻的紐西蘭，到英國遊學後，她仍舊十分擔憂。再加上初抵倫敦的憂鬱和焦慮，她於是主動住進迄今仍以精神醫學聞名世界的莫玆里醫院（Maudsley Hospital）。

主治醫師最後確診她只是一般的憂鬱症，建議她接受精神分析治療。根據她自己的說法，她因此開始規律地接受考里教授（Robert Hugh Cawley）[4]的精神分析。

考里教授是傑出的精神科醫師，積極主張藥物治療應該和心理治療合作。他可能沒有完成精神分析師的訓練，但因爲他在精神醫學上的重要地位，因此經常和精神分析重鎭塔維斯托克診所合作研究。

他的心理治療不只對法蘭姆的心理健康產生影響，也改變了她的寫作風格。包括閃燈回憶錄在內，法蘭姆的許多作品都出現對內心深處的探索。她甚至將自己的七本作品獻給考里教授。

另一方面，對考里教授而言，這次的治療也是獲益良多。他說：「珍奈・法蘭姆教我許多，包括心智狀態的檢查；精神醫學疾病分類的侷限；病人的內心世界對臨床工作的壓倒性的重要；原本在知識和想像、藝術和科學之間的任意分界線本質上將會逐漸消失。」

也許，我們都太容易去尋找比較安逸的一切，因此相信有一種永恆不變的標準。所謂的客觀或理性的，譬如像科學和知識，只不過是因爲讓我們感覺永恆不變，因此可以放心依賴而已。我們對它們的信任是這麼輕易，因爲擺在我們生命面前，天天親眼目睹的現實，其實就是永遠不可能預測的。只是我們不願意正視，反而轉過頭去尋找可以讓我們感覺永恆的錯覺。

然而，內心最最深處一股永遠的不確定感自然還是存在著，我們在尋求理性或科學來依賴的同時，其實從遙遠而深邃的遠處同時又出現必然的困惑。

10

在紐西蘭南島的旅行，我們在但尼丁搭了傳統的礦山火車，住進皇后鎮，去了峽灣，也在庫克山乘直升機在冰河上著陸。朋友問，去了知名的洞穴看螢火蟲了嗎？

我們是沒去，也忘了爲什麼取消這一個行程。

不過說起螢火蟲，就想到法蘭姆一首詩，題名爲〈詩人〉：

如果詩人年輕早逝，
他們遺留下生命的三分之二給評論家，
用來放牧評論家，讓他們逐漸增肥，
就在幻影一般的綠草上。

如果詩人年老去世，
他們自己的生命活完了，
他們寫出自己的詩，
他們是自己或許曾經的存在。

年輕的死亡詩人稱譽為慧星。
排隊前來的評論家乘著清空的馬車，
準備勒繩停下。

還活著的老詩人
依然忠誠地偽裝起來，躲在自己的天空裡。
而人們甚至是忘記了，他們是如此許久以來依然閃爍著。
直到他們墜落了，熄燼在大地之上，
人們才又一次地想起來。
天空早已空了，太陽和月亮也走遠了，
街上的燈泡已經不夠，螢火蟲開始提供亮光，

而且有那麼一陣子，似乎不再有任何星星了。

居住在偏遠的紐西蘭，能出版自己的作品是不容易的。這一首詩和她的許多作品一樣，在生前都沒有發表的機會。

活了八十歲的她，晚年的這一首詩，也許是描述她逐漸淡出的情形。也就是在一度因爲電影《伏案天使》（An Angel at My Table）而聲名大噪的她，在喧囂的粉絲終於遺忘了她以後，所擁有的樂趣吧。

大地原本就是滄海桑田，人類的一切努力也終究會在大自然中煙消雲散。

至於大地震以後的基督城，成爲礫石堆的尼泊爾或阿勒波的一切古老建築，也許也只是走入它們應該有的生命旅程吧。

「不取於相，如如不動。何以故？一切有爲法，如夢幻泡影，如露亦如電，應作如是觀。」

在紐西蘭的南端，深夜裡的皇后鎮碼頭邊，我還記得抬起頭來仰望滿天的星星時，忽然好像回到了小時候在台灣中部小農村裡的老家，那時深夜裡的天空也是和這一刻完全一模一樣。

世界眞的改變了嗎？還是我們看到這災難和毀滅，本來就是這世界生生不息向來的常態？

附註

1 生卒年爲一九二四至二〇〇四。

2 生卒年爲一八八八至一九二三。

3 生卒年爲一八八二至一九四一。

4 生卒年爲一九二四至一九九九。

活著，其實有很多方式

看見她自己帶來的醫療轉介單時，這位醫師並沒有太大的興奮或注意，只是例行地安排應有的住院檢查和固定會談罷了。

會談是固定時間的，每星期二的下午三點到三點五十分。她走進醫師的辦公室，一個全然陌生的環境，還有高聳的書架豎立起來的嚴肅和崇高，她幾乎不敢稍多瀏覽，就羞怯地低下了頭。

就像她的醫療記錄上描述的：害羞、極端內向、交談困難、有嚴重自閉傾向，懷疑有防衛掩飾的幻想或妄想。

雖然是低低垂下頭，還是可以看見稍胖的雙頰上有明顯的雀斑。這位新見面的醫師開口了，問起她遷居以後是否適應困難。她搖搖低垂的頭，麻雀一般細微的聲音，簡單地回答：沒有。

後來的日子裡，這位醫師才發現對她而言，書寫的表達遠比交談容易許多。於是他要求她開始隨意寫寫，隨意在任何方便的紙上寫下任何她想到的文字。

她的筆畫很纖細，幾乎是畏縮地擠在一起的。任何人閱讀時都要稍稍費力，才能清楚辨別其中的意思。尤其她的用字，十分敏銳，可以說表達能力太抽象了，也可以說是十分詩意。

後來醫師慢慢瞭解了她的成長。原來她是在一個道德嚴謹的村落長大，在那裡，也許是生活艱苦的緣故，每一個人都顯得十分強悍而有生命力。

她卻恰恰相反，從小在家裡就是極端怯縮，甚至寧可被嘲笑也不敢輕易出門。父親經常在她面前嘆氣，擔心日後可能的遭遇，或是一些嘮叨，直接說出這個孩子可能不正常的看法。

不正常？她從小聽著，也漸漸相信自己不正常了。在小學裡，同學們很容易成爲朋友，而她也很想打成一片，可就不知道怎麼開口。以前沒上學時，家人是少和她交談的，似乎認定了她的語言或發音之類有著嚴重的問題。家人只是嘆氣或批評，從來就沒有想到和她多聊幾句。於是入學年齡到了，在一個更陌生的環境，並和同學相比之下，幾乎只是牙牙學語程度的她，也眞的認爲自己是不正常了。

在年幼時，醫生給她的診斷是自閉症；到了專校，也有診斷她爲憂鬱症的。之後脆弱的神經終於崩潰，她住進了長期療養院，又多了一個精神分裂症的診斷。

而她的惶恐，沒減輕，也不曾增加，只能默默地接受各種奇奇怪怪的治療。

父母似乎忘記她的存在。最初還每個月千里迢迢地來探望，後來連半年也不來一次了。就像小時候，四個兄弟姊妹總是聽到爸爸的腳踏車聲就跑出來糾纏剛剛下班的爸爸。爸爸是魔術師，從遠方騎著兩個輪子飛奔回來，順手還從黑口袋裡變出大塊的粗糙糖果。只是，有時不夠分，總是站在最後的她伸出手來，卻落空了。

從家裡到學校，從上學到上班，她都獨立於圈圈之外。直到某次沮喪，自殺的念頭又盤踞心頭而糾纏不去，於是她寫了一封信給自己最崇拜的老師。

既然大家覺得她是個奇怪的人，總是用一些奇怪的字眼來描述一些極其瑣碎不堪的情緒，也就被認定是不知所云了。家人聽不懂她的想法，同學也搞不清楚，即使是自己最崇拜的老師，也先入爲主地認爲這些文字只是一堆囈語與妄想，就好心地召來自己的醫生朋友來探望她。這就是她住進精神病院的原因。

醫院裡擺設著一些過期的雜誌，是社會上善心人士捐贈的。有的是教人如何烹飪裁縫，如何成爲淑女；有的談一些好萊塢影歌星的幸福生活；有的則是寫一些深奧的詩詞或小說。她自己有些喜歡，在醫院裡又茫然而無聊，索性就提筆投稿了。

沒想到那些在家裡、在學校或在醫院裡，總是被視爲不知所云的文字，竟然在一流的文學雜誌刊出了。

原來醫院的醫師有些尷尬，趕快取消了一些較有侵犯性的治療方法，開始豎起耳朵聽她的談話，仔細分辨是否錯過了任何的暗喻或象徵。家人覺得有些得意，也忽然才發現自己家裡原來還有這樣一位女兒。甚至舊日小鎮的鄰居都不可置信地問：難道得了這個偉大的文學獎的作家，就是當年那個古怪的小女孩？

她出院了，並且憑著獎學金出國了。她來到英國，帶著自己的醫療病歷主動到精神醫學最著名的莫茲里醫院報到。就這樣，在固定的會談過程中，不知不覺地過了兩年，英國精神科醫師才慎重地開了一張證明沒病的診斷書。

那一年，她已經三十四歲了。

只因爲從童年開始，她的模樣就不符合社會對一個人的規範要求，所謂「不正常」的烙印也就深深地標示在她身上。

但人的社會從來都沒有想像中的理性或科學，反而是自以爲是地要求一致的標準。任何逸出常態的，也就被斥爲異常而遭驅逐。而早早就面臨社會集體拒絕的童年和少年階段，更是只能發展出一套全然不尋常的生存方式。於是，在主流社會的眼光中，他們更不正常了。

故事繼續演繹，果真這些人都成爲社會各個角落的不正常或問題人物。只有少數的幸運者，雖然遲遲延到中年之際，但終於被接納和肯定了。

這是紐西蘭女作家珍奈・法蘭姆發生在四、五十年代的眞實故事。她到晚年仍孜孜不倦地創作，是衆所公認當代紐西蘭最偉大的作家。

珍奈・法蘭姆的陰性書寫

珍奈・法蘭姆，除了公認是當代最重要的紐西蘭作家，也是世界一流的女性創作者。雖然，她的成名作品是以精神病院經驗寫成的小說三部曲《夜梟哈嚎》（*Owls Do Cry*, 1957）、《水中顏》（*Faces in the Water*, 1961）和《字母邊緣》（*The Edge of the Alphabet*, 1962）；她得到一九八九年英語文學大獎的是《喀爾巴阡人》（*The Carpathians*, 1989）；而最暢銷的是自傳三部曲《天使詩篇》（*Autobiography*, 1989）。然而，在這一切非韻文的寫作中，包括十一本長篇小說，四本短篇小說集，三本自傳，和一本童話書，還夾雜著一本詩集《口袋鏡子》（*The Pocket Mirror*, 1967）。

珍奈終究是詩人本質——而且是不止一本詩集，甚至是所有的文字。在《喀爾巴阡人》中，詩人成了其中的洞識者，「生活在無法想像的現實裡的詩人們，永遠都明瞭『重力星辰』；如今這一切全然交給事實，成爲日常生活的眞理。平凡的感知遭否認、逆轉，而心靈被推棄入昔日因爲無法想像而無法發現的管道裡。……」

當珍・康萍開始根據她的自傳展開《伏案天使》的拍製時，她總是用誠摯而謙遜的口氣，以綠色的信紙來回答任何與拍攝有關的詢問。在一封信裡，除了向來的典型風格，她特別提列了音樂：

「謝謝你們（多數）對這個計劃的信心。

我眞的爲這部影片興奮，正如電影對我向來是魔術般地神奇。

我要強調的是各種音樂的重要，環繞四週的聲音等等，還有，特別是伴隨的天空，這是我生命中的性格之一。……我像雜貨店一樣，正開著稅單發給你們呢。」

是的，就是音樂，是她文字最大的特色，幾乎滲透了她的所有文字，甚至是所有的思考。

曾經陸續爲她做過兩、三年精神分析的考里教授，注意到她在病房裡的娛樂活動，除了很快地從一位職能治療師那兒學會了蕾絲編織以外，還喜歡「拆開或折斷語文符碼、代數，還寫很多簡短但無比迷人的札記、信和詩」。

這樣的情形，一度讓考里教授困惑極了。那個時代的臨床心理學，字詞聯想（Word association）還是重要的實驗之一，都是無法適用到她身上——所有意義的破裂和片段中，都又隱藏了無比的音韻秩序。

她的世界是屬於聲音的，「也許，因爲我媽媽也是詩人吧」。在一次訪談裡，她如此地隨意回答。

除了聲音，也許就是影像吧。

《伏案天使》電影製作人愛肯（Bridget Ikin）就曾經表示，「我曾懷疑珍奈．法蘭姆自傳中呈現的記憶本質。這一切看起來如此像照片，童年的事件尤其特別如此。我於是問她是否有任何照片。珍奈從重重覆蓋下拿出了一整個鞋盒子。這一切就是引爆點，書裡場景的諸多啓示。」

聲音和影像開始交織，傳統的邏輯也就得以拋開。於是，不尋常的書寫得以開展。

她的書寫永遠從他者的位置出發。她的觀點是外來者，邊緣者也是被壓抑和潛抑的。早期的作品雖然充滿了壓迫和壓抑的主題，然而，都是壓迫者和被壓迫者綑綁一起而不得逃脫的哀歌。而且，即使是哀歌，在一切文字的發展軌道中，包括扭曲和斷裂的，空洞和多層的，可以看到更多的富裕資源。

就像法國女性主義文學家西蘇（Heleme Cixous）在《新生女人》（*The Newly Born Woman*）中說的：「這世界分裂成半，階層分明地組成……，而暴力維持著這樣的分配。……我知道所有支持著（男性）歷史進步的『事實』，就是，千年以來所有的一切都仰仗著『我』和限制著『我』的他者。」雖然，像柏拉圖的主奴辯證似地，但是「他者的弔詭是，在（他的）歷史的任何一刻，都不可能也不能承受這樣的情形。他者之所以在那被建構，是因爲被重新配置，重新捕捉，如他者一般地摧毀。」

這樣的不可發言的他者，如今在珍奈筆下逆轉，開始發展獨特的聲音。這聲音不逆轉，只是來自角色的塑造。譬如瘋者、啞女、死亡感覺等等；也來自她的形式、文字、結構和音韻等等。

她的文字恐怕是不容易翻譯的，因爲意義的傳神轉譯，恐怕反而破壞了敘事的語調以及文字的音韻。也因爲如此，中文譯本自然有侷限和困難。

然而，當許多評論紛紛用西蘇或依希格黑（Luce Irigaray）的理論，來推崇珍奈的作品時，她又是如何呢？

紐西蘭的女性主義文評家梅爾西（Gina Mercer）在訪問珍奈時問說：「特別是那些關於婦女身上所遭遇的（社會期待）。許多女性主義者因而感到極大的興趣。……妳覺得呢？」

然而珍奈的回答都是迂迴的。她說：「我想，應該是她們（女性主義評論者）改變了我吧。我自己更意識到身爲女人的問題，而且是透過寫自己和爲母親而感受到的。我經常想起我母親和她同時代女性的關係，以及她們經日忙碌家事等等，以及爲何她們終究沒法發掘自己的創作力。」

晚年的珍奈也許是如此自覺的，然而一切知性的自覺，在早年卻非如此存在。

從小敏感而害羞，卻又有一個想擁有自己宇宙的狂野心靈，終究遭排斥在世界的現實之外。

她沒有失去現實，而是現實拒絕了她。然而，在經歷了幻想的孤獨，精神分裂病的烙印、囚禁和電療的創傷、感情的一再被背叛等等以後，這一切異質性的奇特存在，反而成爲另一位天才式的創作起源了。

珍奈・法蘭姆，一個活生生的當代神話。

紐西蘭文學從曼斯菲爾德到珍奈・法蘭姆

「一個遲遲發展的殖民國家，如何才能發展自己的文化認同呢？」恐怕這是許多文化弱勢國家的文人，辛辛苦苦地努力爭取主流認同多年以後，遲早要面對的問題吧。

像紐西蘭這樣的英語國家，似乎是屬於英國文化的一部份；可是對倫敦人而言，紐西蘭的一切又像是鄉巴佬一般。

在後殖民論述還沒風行，而文化的殖民狀態還經常不自覺時，對所有舊日大英國協的屬國而言，即使政治上獨立了，文化上卻是十分錯亂的：想要獨立，卻又想比倫敦漢姆斯提區的紳士更加紳士。紐西蘭如此，許多國家也是如此。

八〇年代末第一位獲得諾貝爾文學獎的非洲黑人作家索因卡（Wole Soyinka，一九三四年生），就是面臨這類典型的困境：他是奈及利亞人，寫自己的神話，卻是用莎士比亞以降的英語文學主流語言。另一位非洲評論家奇威奇（Chinwiki）就曾經批判過索因卡在文化上的被殖民狀態，甚至認爲獲得諾貝爾獎只是更加證明他是「黑皮膚，白面具」（引自法農〔F.Fanon〕的話）罷了。

然而，對於澳大利亞、紐西蘭、加拿大等等這些白人移／殖民國家呢？沒有了阿爾及利亞思想家法農所說的「箝在肉體上的詛咒」（指洗不掉的有色皮膚），反而因爲更容易僞裝成「正統」的白種人，而遲遲無法突破自己內心的自卑。

在一九八五年後殖民論述還未誕生時，英國學者西摩-史密斯（M. Seymour-Smith）所著的《當代世界文學》一册鉅書，就以不自覺的嘲諷口吻作爲紐西蘭文學介紹的開場白：「紐西蘭不只是仰望著它的母親國家，而且還嫉妒而斜眼地看著澳大利亞；這一點影響了它的文學，讓它自以爲、也果眞是比它的鄰居還渺小。」

這樣明白鄙視的口氣，難道紐西蘭沒文學嗎？如果，我們記憶猶存，必然就記得本世紀初的重要短篇小說家凱瑟琳・曼斯菲爾德（Katherine Mansfield）[1]。七十年前，還年輕的徐志摩留學劍橋時，就曾經慕名而專程拜訪。雖然只短短交談了二十分鐘，卻讓詩人在聽聞她病故的噩耗時寫下了〈哀曼殊菲兒〉：

我昨夜夢入幽谷，
聽子規在百合叢中泣血；
我昨夜夢登高峰，
見一顆光明淚自天墮落。

在二〇年代，她的作品曾經大量翻譯成中文，而風靡了當時五四運動後的新一代男女。但是，有多少中文讀者，包括過去的和現在的，又曾注意過她竟然是一位出生且成長於紐西蘭的英文作家呢？

事實上，對曼斯菲爾德而言，雖然她許多充滿自傳色彩的作品是以紐西蘭為背景，但都是「逃避掉了鄉野色彩（provincialism）」，因為她十五歲到倫敦求學，二十歲前往歐陸，因此一直都被視為英國作家。如果說她眞的跟紐西蘭有關，恐怕是因為在二十七歲那一年，當她唯一的弟弟死於車禍後，出於傷慟而寫出來的一系列以故鄉為背景的代表作吧。

在倫敦文學圈的曼斯菲爾德是辛苦而沮喪的，就像當年的所有「非正統血緣」的知識份子。當二十五歲的她，想去會見當時三十四歲的維吉尼亞・伍爾芙（Virginia Woolf）[2]，同樣屬於當年倫敦最前衛也是最高文化的布魯恩貝利圈子（Bloomberry group）的斯特雷奇，在引見的信中就這樣告訴維吉尼亞：「凱瑟琳・曼斯菲爾德——如果這是她的眞實名字（註：的確，這是筆名，是去除掉父姓 Beauchamp 以後的前兩個字來做為筆名的）——這點我從不肯定——確實是個有趣的傢伙……」，一番品頭論足之後，才忍不住說了一句相當遲疑的稱讚：「藏在醜陋而無表情的面具似的臉龐後面的，是有些庸俗幻想的敏銳才智。」

曼斯菲爾德是來自紐西蘭，但她是紐西蘭作家嗎？至少，她不曾如此自許；甚至，一直努力做一位傑出的英國／英語作家。就像維吉尼亞給斯特雷奇回信的雙關語，說她們倆雖不曾見面，但是「三年來，她一直追隨著我的足跡。」

而紐西蘭文學呢？追隨不上倫敦強大的足跡而沮喪的曼斯菲爾德，後期的作品裡充斥著對孤獨的恐懼以及因之而生的故作矜持，似乎以早夭的悲劇預告了終需獨立的心靈。

這些年來，紐西蘭電影在國際影壇日益嶄露頭角。其中，最受矚目的恐怕是曾以《鋼琴師和她的情人》揚名的珍・康萍（Jane Champion）了。而在這部片子之前，在台北發燒影迷圈子裡，早就流傳著另一部教人震撼的珍・康萍作品：《伏案天使》。在影片裡，我自己第一次認識了珍奈・法蘭姆，搶眼的蓬蓬頭，害羞而狂野的孤獨心靈。

與珍・康萍合作而擔任製片的愛肯，在一篇文章裡附上了一張有四位珍奈的照片，包括分別擔任演出珍奈兒童、少年和成人三階段的演員團，和坐在三人後面的作者本人。

這位製片說，當她和珍・康萍讀完了一九八三年剛剛出版的《島國天使》，兩個人就狂熱地和珍奈聯絡，透過信件表明她們的激動及喜愛，以及勢必拍製成電影的決心。終於，兩年後，正好珍奈的自傳三部曲也全部完成時，三個人碰面了，在珍奈定居的萊文小城的住家裡，「交談開始熱切呼嘯，彷如三人瞬間旋入了怪趣的新關係。每每珍奈一想到屋內還有自傳的另一版本，立即消失，而從另一房間冒出來，……」她說，「直到現在，還是覺得這屋的地理結構一定有著它的神祕。」

紐西蘭獨特時空的神祕開始成熟地展現了。在電影裡，年長珍奈二十一歲的小說家法蘭克・沙吉森（Frank Sargeson）[3]，不斷鼓勵珍奈去看看這個世界，同時也鼓勵她做一位「紐西蘭作家」，其實是珍奈自傳中許多片段的縮影。這恐怕是像珍・康萍這樣，更年輕一輩的紐西蘭文學工作者的期待吧。

從曼斯菲爾德的沮喪，到珍奈・法蘭姆的瘋狂，紐西蘭文化的自我認同終於形成，在更年輕一輩的文化工作者如珍・康萍身上，開始綻放而果實結熟。

〖附註〗

1 生卒年爲一八八八至一九二三。

2 生卒年爲一八八二至一九四一。

3 西元一九〇三年出生。

當男心理學教授遇到女作家

台灣這些年來的性別論述，經過多年漫長努力，終於開始稍稍撼動了傳統的思考模式，開始讓原來的男性／父權論述主流，產生一些恐懼和不安——雖然以更強力的矜持態度掩飾著。

一九九六年，正式的摩擦開始爆發。

這年的六月，台北舉辦了兩場盛大的性學會議，全然不同的兩種取向，剛好形成強烈對比的對台戲演出。

「第四屆亞洲性學會議」是由向來以正統自居的「中華民國性學學會」主辦的，包括了師大衛教系晏涵文教授和馬偕醫院婦產科鄭丞傑醫師等人。而搶前一週舉行的，是第一屆「性教育、性學、性別暨同性戀研究」學術研討會（簡稱「四性研討會」），主辦單位是中央大學「性／別研究室」，包括了以《豪爽女人》一書主張女性情欲權的何春蕤教授。

瞭解這兩場會議不同意識型態背景的讀者，必然可以明白其中的衝突。舉例來說，兩者之間的差異之大，譬如亞洲性學會議眼中的四性研討會，大概就像是教育部否決四性研討會經費申請時的評審文字：「所發表論文部分屬文獻探討，部分屬主觀批判，偏重性學、性行爲偏差，未有實徵性之行爲或社會科學研究。」

然後再加上一段政令宣導：「性教育係人格教育，應以如何建立互尊之兩性關係及美滿家庭生活，促使兩性親密與關懷爲主題，並把握人性輝映，人生幸福之相互關係，反之易導玫性學偏頗之論點。」

然而，這眞的就是「正確」的性教育嗎？

在兩場大會裡，有一個十足具有象徵性的代表人物，被新聞界漏掉了。亞洲性學會議所邀請的國際級學者之一，就是錢約翰（John Money），美國約翰・霍普金斯醫學院的醫學心理學資深教授，也是國際上顯赫的性學專家。

然而，錢約翰還有另一個名字，是紐西蘭小說家珍奈・法蘭姆幫他取的，約翰・佛瑞斯特（John Forrest）。他出現在《伏案天使》裡，一位年輕而瀟灑的單身講師，珍奈甚至以《亂世佳人》那位迷人的艾希禮而暱稱他爲艾希。

「艾希個子沒那麼高，容貌俊秀，髮色很淺，有一撮髮絲垂在額頭」。在師範學校就讀的珍奈，到大學選修心理學課程做爲「教學之餘的解悶之道」；而在教室公然擺留聲機播放柴可夫斯基「悲愴交響曲」的艾希，成爲學生心目中的偶像老師，包括默默地、害羞地站在其中的珍奈。

然而，當珍奈羞澀的個性無法正視教學督導員的在場監督，在逃離、崩潰、自殺，終於尋求她唯一信賴的英雄來求助時，艾希暗自通知了學校，將她送進了精神科醫院。

那是一九四五年發生的事，歐戰剛剛結束。艾希，或者約翰・佛瑞斯特，或者眞正的名字錢約翰，搭上船，進入美國哈佛大學博士班，一步一步地嶄露頭角，成爲國際上的知名性學學者，也成爲約翰・霍普金斯醫學院的終身教授。

而一九四五年同時，珍奈從但尼丁醫院精神科病房，開始背負著「精神分裂病」的標籤，「沒有人要問我爲什麼要對母親尖叫，沒有人問我未來的計劃是什麼。我立刻變成第三人稱，甚至沒有人格」，於是送往席克里夫慢性精神病院，幾乎人人皆知道的「瘋人院」，長達七年期間遭受了兩百多次的電擊痙攣療法，甚至還差一點遭到全然喪失個人性格的前額葉切除——幸虧在通知手術後的那幾天，珍奈昔日的小說剛巧結集而獲得大獎。一切過程，眞的是千鈞一髮之險。

從二十一歲到三十歲，其中七年是幽黯的封閉。這是一位少女，這是一般人最經常歌頌的青春，然而，「人在裡面活得簡直像牲口」。「那邊的幾年光陰儘管瀰漫著萬劫不復的氣氛，一切希望盡失，日子充滿悲哀，卻也往往飽含幽黯。」至於，前去美國的約翰呢？「我住在『向陽精神病院』的頭幾個禮拜，曾經和約翰・佛瑞斯特通信，但他那些以家人和朋友爲對象的複印式的信，以及『親愛的大家』式的招呼語叫我心寒，我住在奧瑪魯期間聽說他結婚了，我自然有被排斥的感覺」，於是，約翰消失了。

在前兩年，紐西蘭的一本慶祝珍奈·法蘭姆七十歲生日的文集《朝內的太陽》裡，收了錢約翰的一篇文章。當然，這是他讀了珍奈自傳裡有關他的描述以後，所寫出來的自辯。

「『妄想，信仰和眞實』是我一九四五年擔任歐塔各大學講師的第一篇學術論文。」他的開場很直接，並且表示是因爲「想知道天才和瘋狂之間的關係，譬如舒曼和雨果·武夫（Hugo Wolf）等作曲家，或梵谷等作家」，然而，他也知道珍奈，知道她「內在有位詩人，因爲她的實驗心理學報告寫得像詩小說」。

他雖然勇敢地承認，在一九九三年，「從巴爾的摩打電話和她聊聊，就像《在馬尼歐托托的生活》（註：珍奈·法蘭姆一九七九年的小說創作）裡的 Briian Wollford 和《伏案天使》裡的約翰·佛瑞斯特。」但是，他卻也引用了他在性學術界頗受矚目的理論「愛情地圖」（lovemaps），「如果我向你投射我的愛情地圖，而你也向我投射回來，而且如果相互搭配理想，幸福於是發生。如果它們不搭，麻煩就籠罩而來了。」於是，因爲「天生」的不來電，他的責任全推託得一乾二淨了。

如果讀者稍稍注意，而台灣的出版社沒疏漏，珍奈・法蘭姆自傳的第三部，是提獻給「我的朋友和家人，特別是考里教授和他的同事。」

考里教授是誰呢？他是英國倫敦大學心理醫學的終身教授，也是當年在莫斯利醫院替珍奈做心理治療，勇敢地證明她「全然不曾有過精神分裂病」的人。在同一本紀念文集裡，他也寫了一章文章「珍奈・法蘭姆對一位精神科醫師的啓示」。

他說，當初接觸珍奈時，她「讓我強烈地立即發現精神醫學分類學的侷限」；「她傑出的敏感能力所帶來的負面作用，也許才是被留置精神病院的原因」。

在許多討論後，考里教授最後說：「毫問疑問地，我從她那裡得到許多」。

也許，正如珍奈・法蘭姆、錢約翰和考里教授三人之間，永遠無定案的結論；正如亞洲性學會議和四性研討會之間，故事永遠不停止。但究竟我們從別人的傷口中，又學到了什麼？也許這才是問題。

水流，在那山嶺，山嶺，山嶺

——終究還是遺忘了，羅卡

1

結束西班牙旅程許久以後，我們想起費德瑞珂．賈西亞．羅卡（Federico García Lorca），一位年輕迷人的早逝詩人。是的，一輛新型的小車，在馬德里機場租來的，命名爲「畢卡索」（Piccaso）的型號，載著我們四個人中只有一位不曾自稱是詩人的遊客，直奔安達盧西亞（Andalucía），我們終究還是忘了羅卡這位詩人。

五月的馬德里，還有點寒冷。我們去看畫家波西（Bosch）[1]詭異的〈歡樂花園〉，去看希臘佬葛雷柯（El Greco）[2]陰沉的人物肖像，也記得在普拉多美術館前維拉斯蓋茲（Valézquez）[3]和哥雅（Goya）[4]的塑像前拍照留念，終究還是忘記到馬德里大學去瞻仰羅卡的年輕足跡。

我們在微雨的西班牙廣場，穿過大興土木中的馬路，找到塞萬提斯（Miguel de Cervantes Saavedra）的雕像，還有雕像下唐吉訶德和他的侍從各自騎著馬或驢的立像。我們從太陽門廣場走向主廣場和四周的巷弄，始終沒記起這一位詩人，還有他那一群日後歷史稱爲二七年代的才華洋溢的朋友們。

2

汽車不是太大，也許只有一千六百C.C.，但也載著我們在托雷多（Toledo）古城過一夜以後，繼續南下，彷如渴望陽光一般飛向南方的丘陵，還有，海洋。

筆直的公路上，西班牙人們以更快的速度，一輛又一輛地超過我們這一群台灣來的遊客。羅卡有一首詩，〈樹，樹……〉，說著一位撿拾橄欖的美貌女子。四位騎小馬的騎士邀她去柯多華，三位年輕鬥牛士要她去塞維亞，最後是一位捧著玫瑰和常春花的少年約她到格拉那達，始終，「女孩不理也不睬」。最後是「風的陰暗臂膀，環抱著她的腰」，哪裡都不去的她，於是成爲「樹，樹，又乾又綠」。

而我們四人，從來不乾瘦也不翠綠，果眞依序去了哥多華（Cordoba）、塞維亞（Sevilla），和格拉那達（Granada），以及其間的一些小城。

3

從欄杆陽台上看得見的

騾群和騾群的影子
滿馱著向日葵，爬上了
山嶺，山嶺，山嶺。

在陰影裡，他們的眼睛充滿了
黯黯的，最深最沉的夜色。
在疾風參差的鋒稜中
帶著鹽味的晨光剝裂，剝裂。

滿山白色的騾群
閉闔了水銀光的眼睛
揮手向那沉默的
晨光，道一個激情的再見！
水流搖晃地沖激，奔走
冷得不能觸碰的
水流，在那山嶺、山嶺、山嶺。

4

記憶是如何形塑出我們眼前的風光呢？

關於安達盧西亞這片土地，我們最早聽聞，應該是來自那時自稱爲葉珊的年輕詩人楊牧所翻譯的《西班牙浪人吟》吧。我們記得其中的一部分，也許是女孩、吉普賽人、和鬥牛士，卻忘記更多。至少，「山嶺，山嶺，山嶺」，是深深地遺忘了，以致於多年以後來到這一片土地，才驚覺原本以爲是平原的安達盧西亞，其實是許多不高的山陵起起伏伏編織而成的。

朗讀著葉珊的譯詩，也約莫是十八、二十歲吧。那時我們剛入大學，羅卡這一本唯一的中文譯詩已經絕版，只能用影印本傳閱。當時還沒有版權問題，影印機也還是一種昂貴的玩意。我們開始傳閱著，開始知道曾經有一場知識分子反法西斯的國際聯盟，包括法國的安德烈・馬羅（André Malraux）和阿拉貢（Louis Aragon），古巴的紀廉（Nicolas Guilén），墨西哥的帕斯（Octavio Paz），美國的海明威（Ernest Hemingway），智利的聶魯達（Pablo Neruda），希臘的李愁思（Yannis Ritsos），他們和數十萬國際各地來的知識分子，都加入對抗佛朗哥將軍的反法西斯主義陣營。我們也開始知道，這位佛朗哥，在當年台灣還是所謂的國際反共堡壘時，是中華民國蔣介石最好的國際盟友之一。

戰爭是在一九三六年開始的，從一位詩人的死亡開始。前一天從朋友處被逮捕的詩人羅卡，才三十八歲，正是劇本和詩的創作顛峰，八月十九日在格拉那達北邊的費茲納（Viznar）被發現，他被槍斃在小樹林裡。

5

多年以後，我們來到格拉那達，腦海並沒有聯想到任何造訪的念頭。這一位詩人，曾經在我們年輕時讓我們的血流沸騰的詩人，如今已經被我們的中年記憶所拋棄。

在格拉那達這一塊摩爾人的昔日家園裡，我們整天待在阿罕布拉宮，擠在觀光人潮裡驚歎建築的無限巧思，偶爾也偷偷找一個偏離指示的小徑，在無人的宮廷角落，努力將太多驚喜的心情慢慢沉靜下來，試圖想像當年的伊斯蘭教徒們，被卡斯提亞女王伊莎貝兒和阿拉貢國王費南多這對夫妻的部隊，用血腥的手段逼出歐陸的慘狀。當伊比利半島大部分在十二、十三世紀時，再次被天主教徒以宗教之名血淋淋地佔領時，格拉那達成爲伊斯蘭教徒最後聚集的領地，直到一四九二年，終究還是被屠殺驅逐了。同樣也是那一年，哥倫布在伊莎貝兒的贊助下，抵達美洲。

在四百年以後，一八九八年，格拉那達城的西邊牛仔泉村（Fuente Vaqueros）誕生了這位寫下《西班牙浪人吟》詩集，也寫下《血婚》（bodas de sangre）等劇作的羅卡。

6

我們是從海岸前往「在那山嶺，山嶺，山嶺」的格拉那達。前一天才從隆達（Ronda）下山，沿著比北宜公路還彎曲的山路，經過許久的急行車速才到瑪貝雅（Marbella，美麗的海）。太陽海岸（Costa del Sol），是直布羅陀海峽以東的海岸名稱；在海峽以西，也就是卡地斯（Cádiz）一帶，是陽光海岸（Costa de la Luz）。太陽在東，陽光朝西，而月亮呢？在同一首《聖麥柯》詩裡，詩人這麼寫著：

海洋在河岸上舞踊，那是
一首在陽台下歌詠的詩章。
月亮的週緣，
失去了蘆葦和燈心草，聲響悠然。
幾個樸實的村娘走來，
咀嚼著向日葵的種籽，
她們的兩股遮蓋合宜，垂然

是古銅色碟形的半月。

當天晚上，我們在這個以海濱渡假聞名的城市過夜。五月的安達盧西亞雖然陽光金黃般閃爍，橘子花香濃郁得教人無法想像，可是夜裡的海邊卻是有些寒冷。

我們在朝向沙灘的廣場盡頭找到一家中國餐廳，用普通話點起晚餐。溫州來的廚師手藝其實是粗工而已，只是，旅途相當一段時間以後，特別是經過一下午驚險的山路，前幾天屢屢教人驚艷的tapas（西班牙下酒小菜）或其它西班牙料理似乎迅速失去吸引力，味素、鹽巴和醬油混合的家鄉味料理，這時最適合透過腸胃來撫慰開始疲憊的旅人心靈。

餐後沿著同一條路回旅館，才發覺寬長的廣場上佈滿的雕像，全是達利（Salvador Dalí）的。

7

一九一八年，二十歲的羅卡進入馬德里大學繼續學業。充滿魅力的他，很快的就成為學生裡的風雲人物。環繞在他身旁的，包括來自巴塞隆那的達利；更遠一點的，則是超現實電影導演布紐爾（Luis Buñuel）。

那是一個美好的時代。歐洲戰爭對西班牙沒有影響太多，而經濟蕭條還沒發生，西班牙內戰更是許多年以後的事。

那是一個不可思議的年代。羅卡、達利和布紐爾，三位在不同領域都是世界級的歷史人物，他們的二十歲青春竟然是交織在一起的。

就像日本作家川端康成年輕時的同性戀情，羅卡和達利也曾經不只是朋友的親蜜關係。某一年暑假，羅卡隨達利回巴塞隆那老家。年輕俊美的羅卡，幾乎迷倒達利全家人，特別是達利早期畫作中經常做他模特兒的妹妹。據一些美麗的傳說，這位妹妹直到發現羅卡和達利的親暱關係，才終於死了心。

8

浪漫的羅卡，卻是我們青春時代理想主義的沉重包袱。

在那一個資訊缺乏的時代裡，即使是比聶魯達等文人都活得還久的佛朗哥，也在一九七五年告別人間；遙遠海洋之外的台灣，還是處於戒嚴的時代。當島嶼上反對軍事戒嚴的爭取自由力量開始聚集待發時，成爲反法西斯象徵的羅卡，在台灣是被視作悲壯的形象。這是一個從來都不美麗的誤會，只是因爲那個時代是如此狹隘，於是這也就成爲唯一能夠投射的想像。

羅卡從來不是激烈的反對者。據說他被捉時，仍大喊著：「你們不能殺我！我甚麼都沒做！我不是共產主義者！我是天主教徒！」死前，身為天主教徒的他，最大的遺憾恐怕是連請神父做臨終懺悔都沒機會了。

羅卡原本就只是一個青春的、相當強烈的個人主義者。聶魯達說：「我從未見過雙手具有如此魅力的人，我從未有過比他更快樂的兄弟。他歡笑、歌唱、彈奏、跳躍、創作，他把火花射向四面八方。我的這位不幸的朋友，世上的才能他無所不有，他簡直像一位高超的黃金工藝品工匠，像偉大詩歌養蜂場的一只大蜂。他是自己才華的毫不吝嗇的奉獻者。」

聶魯達又說：「他既純眞又虛僞，既是宇宙人又是鄉巴佬，是獨特的樂手，是出色的小丑，膽小而又迷信，歡樂而又瀟灑；他是個概括了西班牙各個時代的一種人物，是人民的精華，他是阿拉伯人和安達盧西亞人的後裔，在當時西班牙的整個舞台上熠熠生輝，並像茉莉花那樣散發出醉人的芬芳。」

羅卡，原本只是讓任何人都忍不住疼愛的一個才華洋溢的天眞青年，特別是西班牙人都疼愛的。

9

在這一段旅程，一群同行者是經常相伴的。不只是在這次的安達盧西亞，也不只更早幾年前的托斯卡尼或愛琴海，應該說是在大學時代就開始旅程，相邀一起爬山喝酒的朋友。從當年高雄十全路廟口路邊攤的啤酒或米酒，到濱臨地中海的南歐的葡萄酒，生命忽然走掉一大半。

年輕時一起朗讀羅卡的浪漫歌謠，當時是如此理直氣壯，彷彿一輩子就是這般地永遠睥睨天地之間，永遠無止息地向前昂進。只是，羅卡三十八歲死在地中海季節風可以到臨的灌木叢裡，我們的青春卻不知何時溜失在汲汲營營的忙碌腳步間。

離開格拉那達便是直線往北的路程。稍稍離開安達盧西亞，天地間忽然烏雲密布，雨水以不可思議雞蛋大小般拚命捶擊車窗玻璃，而閃電，更是不停息地一再從天空高高擊下，就落在我們前方的地平線正中央。

一種天諭？如果我們是羅卡，就應該「膽小而又迷信」。只是，在這一片唐吉訶德曾經努力過的土地上，似乎沒有停下車速的任何理由。

那一個夜晚，我們佇留在阿蘭費茲（Aranjuez），一個離馬德里不遠的古城。在我們年輕的時代，稍稍會吉他和絃，就開始不禁以爲自己可以彈西班牙吉他，同樣地必然熟悉羅德里哥（Joaquín Rodrigo）的阿蘭費茲協奏曲。我們也曾夢想過，以爲可以輕而易舉地撥弄出流暢的琴音。只是，這一切理所當然都沒有發生。當一切都沒發生，而今我們倒是來到當年從沒想到的這個皇宮之城。

我們就要離開，再一天抵達馬德里後就是預備回台北的飛行。革命也好，即使是詩歌也好，一切都是十分遙遠但又十分貼近。只是，這的確是眞實的，在這一趟旅程裡，我們並沒有想到羅卡，那個讓我們的青春學會忍不住騷動的詩人。

附註

1 生卒年爲一四五〇至一五一六。
2 生卒年爲一五四一至一六一四。
3 生卒年爲一五九九至一六六〇。
4 生卒年爲一七四六至一八二八。

我生來就是寫歌劇的
——尋找普契尼

租來的汽車在鄉間小道無數次的迷路之後，終於抵達湖濱塔（Torre del Lago）。只是，普契尼（Giacomo Puccini）的別墅才找到，就發現每隔兩小時開放一次的參訪剛剛關上鐵門。也許我們在柵欄外呼叫的音量足以媲美男高音吧！已經進入裡頭的其他遊客向女導遊央求，這位義大利大娘才板著臉孔，老大不情願地用巨大的鐵鑰匙開門讓我們進來。

來到這個小小湖濱旁的普契尼別墅完全是臨時起意的。我們在盧卡城（Lucca）普契尼誕生之屋（Casa natale di Puccini）參觀時，才知道這別墅的位置，然後就莽莽撞撞地憑著簡單的地圖直奔湖濱塔。

或許是托斯卡尼（Toscana）平緩的丘陵所造成的錯誤印象吧。我們以爲二、三十公里的距離可以在丘陵上找到最近的直線，因此拒絕繞到比薩（Pisa）再回轉正式公路，卻因此不斷地闖進崎嶇的田間小路，不斷地回到不知名的公路，甚至還誤闖進公路口的林蔭小路上一群等待恩客的風塵女郎。

我們是臨午離開盧卡這一古城的。托斯卡尼的陽光正燦爛，肥沃的田野沿著美麗的起伏曲線向天空的盡頭無限延伸。

前一天傍晚開著租車進入盧卡時，有些訝異這古城的優雅。原本以爲在步行巷弄之際，四處會傳來美麗而熱情的詠嘆調，迎面走來的可能是咪咪和魯道夫，或是爲入獄的安杰洛蒂奔走的托斯卡，以爲城裡一切的氣氛將會是十分普契尼。然而，古城裡走動的人們，就像托斯卡尼這一片原野上的居民，純樸的穿著及溫暖的表情，平靜地生活在安逸的古城裡，完全沒有太多的激昂，沒有普契尼筆下那些男女主角的激情。只是，如果不要想到那些歌劇旋律，盧卡還是迷人的。我們用十分合理的價錢找到落腳的小旅館，在旅館老闆的推薦下享用了一頓美好的托斯卡尼菜餚和美酒。

普契尼的童年雖然不富裕，卻是十分自由自在的。〈波希米亞人〉裡的魯道夫，幾乎就是他年輕的翻版。他在盧卡這樣的小城，身爲被寡母寵愛的遺腹子，再加上天生的管風琴天賦可以讓他四處兼差，幾乎是無憂無慮度過人生的前十五年。直到他聽了威爾第的〈阿依達〉。這是大家都知道的故事，沒錢但自由的他和兩個朋友步行了三、四十公里到比薩，只爲了欣賞演出。那一個晚上之後，盧卡城就少了一位年輕的傑出管風琴師，因爲這年輕人向朋友說：「我生來就是寫歌劇的。」

位於聖米樹教堂對面巷弄的普契尼誕生之屋，其實是水準還可以的小型博物館。踏上閣樓間的木頭樓梯，就可以聽到卡拉絲的歌聲從每個房間的擴聲機輕輕流放出來。我們看著資料，才發現普契尼十六歲離開家鄉到米蘭學歌劇以後，這裡其實是他偶爾探望母親才回來的地方，甚至最後還是售出遷離了。由於這樣的緣故，要找這位歌劇天才眞正的靈感之屋，我們來到湖濱塔。

由於我們的遲到而重新打開鐵門的中年女性，高傲的表情像極了我在盧卡買的〈杜蘭朵公主〉首演海報複製品裡的模樣：根據第一位演出者蕾莎的造型，以新藝術裝置風格繪出的東方公主的冷峻。

在這旅遊旺季的夏天，專程來到這偏僻的別墅的旅客總共不到七、八位。我們乖乖地尾隨著，還不時被大媽叮嚀不准照相。普契尼的別墅充滿他的蒐集品，特別是一整排的獵槍，還有許多巨頭的獵物標本。

多麼像海明威呀！那位五〇年後的美國普契尼。同樣是歌頌愛情，同樣是大衆文化的英雄，同樣充滿通俗劇（melodrama）的情趣，只不過是小說／電影和歌劇的不同。

只是，不同的似乎不只這一點。

我們在熱內亞（Genova）的舊城，又看到一間酒吧掛著紀念海明威的招牌，說明一九多少年，海明威曾在這裡廝混多少個月之類的。這是地中海沿岸不知第幾十個海明威酒吧。

兩個人是不同的。至少，海明威是移動的，普契尼卻是固定的，即使兩個人都是愛情和野生動物的狩獵高手。更大的差別是：海明威的晚年在充滿被害妄想的孤立中，痛苦地結束一生；普契尼卻是富裕地享受著包括墨索里尼在內的衆人所提供優渥待遇。

是什麼造成這些差異？

我想起早上迷路時，不經意遇見的那一幕十分費里尼的場景。十來位風塵女郎極其美艷的穿著，低胸露出的乳溝，黑色性感的網襪，悠悠哉哉地抽煙等待。有默契的義大利男人似乎隨時會從公路上轉向這裡，找到她們。也許，她們搭上車，也許有機會走到歌劇家創作的筆下，不也成了卡門、咪咪或莎樂美？人生的一切，有時還眞的十分費里尼。所謂差別，只不過是夢境中一個不小心的分歧點罷了。

時光通道

離開托斯卡尼的盧卡山城，雖然如願以償拜訪了普契尼的出生地，總覺得意猶未盡。

城裡有著這位歌劇大師的紀念雕像，也有他誕生故居改建的小巧博物館，所有遊客中心提供的相關地點，我們全都一一拜訪了，甚至還不惜鉅資買了他的作品《杜蘭朵》、《茶花女》等當年在米蘭史卡特拉絲歌劇院首演海報的複製品。博物館十分精緻，從手稿到生平資料一應俱全，走在小小木頭樓梯還可以聽到飄揚在每一角落的詠唱。應該是卡拉絲（Maria Callas）吧！《波希米亞人》咪咪著名的詠嘆調還是一樣教人動容。

然而，還是遺憾。這裡雖然是普契尼數代祖先的故居，他在這裡出生、成長、會客等等，然而當年大部分作品的完成並不是在這裡。

許多人像我一樣，喜歡在旅遊的途中順便追尋某一些文學家、科學家或藝術家的足跡。狂熱的人甚至可以沿著他的生平，從頭到尾寫一本書。譬如《金銀島》作者史蒂文生後來划舟到大洋洲度餘生，梅爾維爾《白鯨記》描述的驚險過程，甚至當年達爾文在阿根廷巴塔哥尼亞高原的研究途徑，許多這類的腳步追隨，都寫成了一本又一本的好書。

這是最瘋狂的追求者了，專業級的著魔人士。至於像我這一等級的，也算是輕微中毒，忍不住要捉住每一次可能尋找的機會，當然也就不願意放過途中遇見的每一紀念景點。其中，最尋常的景點，便是紀念碑、雕像、墓地、或是小型紀念館了。

這些景點，即使是紀念館，通常不會出現在一般旅遊手冊的推薦景點裡，頂多只是提到某某名人與這城市有如何如何的關係罷了。但這樣也就夠了。也許是旅遊手冊的一句話，也許是自己平常閱讀留下的記憶，只要知道有如此這般的歷史淵源，通常，當地的遊客服務中心就有資料可查詢。

這些紀念館的陳列，其實也沒啥新奇，甚至可以說是老套：當年的手稿、寫作的桌椅、年表、作品的複製品、生平照片、紙筆或其他工具、死後臉部的石膏模子、一束頭髮等等，充滿戀屍癖精神的擺設。這樣的內容儘管老掉牙，卻幾乎一成不變，即使是遠在東非的肯亞首都奈洛比郊外，《遠離非洲》丹麥女作家凱倫・白烈森（筆名 **Isak Dinesen**）的紀念館，也都如此。

戀屍癖也好，戀物癖也好，這些曾經與自己心儀的歷史巨人錯身而過的空間，彷如有一種魔力，可以打開時光機械的通道似的，讓後來的景仰者感覺自己穿越時空遇見了作者，或是出現在書上的情節裡。尋著的足跡愈多，追隨愈多，彷彿就愈接近了。還記得多年以前電影《麻雀變鳳凰》裡的情節嗎？李察・吉爾帶著茱莉亞・羅勃茲去舊金山看歌劇，他說：「如果你第一次看歌劇，能從頭坐到尾，這輩子就永遠著迷了。」我們同行的幾個人至少是這樣的：這輩子中了歌劇的毒已經不可能解救了。我們決定去普契尼的鄉間別墅，他眞正創作的所在地。

於是，從盧卡出城，往西朝向海的方向，我們上路了。

時間於是開始流動

剛剛在羅馬下了飛機，到了在義大利的這個稱爲「西班牙」的廣場，又走進了一間叫「希臘」的咖啡店。三個人各叫了不同的咖啡，拿鐵、美式和義式，還有共同的提拉米蘇甜點，就相互照相起來了。

在這間十八世紀的小店裡，將自己的身影和歷史的光陰重疊起來，十分觀光客地擺一個姿態，好像又回到那一群嘻鬧的浪漫主義風騷客之間。

拜倫（George Gordon Byron）最意氣風發了，雪萊（Percy Bysshe Shelley）也是一樣狂野，反而我們這些外來者顯得太拘謹，居然還在思考拍攝的角度問題。沒多久，畫家瑟汶（Joseph Severn）跑進來了，要老闆準備一客午餐，送到對面西班牙廣場旁的紅房子。那裡住著一位剛剛才從倫敦搭船來羅馬養病的少年詩人，這兩年在文藝沙龍頗獲好評的濟慈（John Keats）。

這是一八二〇年末的歷史場景，而我們就站在歷史的一旁，緊張地捏拿著照相機，從觀景窗裡偷窺這一切的歲月痕跡。

在這樣的咖啡館裡，我們不是來品嚐一小杯的咖啡，我們就如同觀光客般規矩地遵守旅遊手册的指導，走到了這個僞裝成昔日歷史現場的咖啡店，才發現自己原來被一群同樣是拿著照相機的日本遊客給包圍了。

到了巴黎，台北來的同行朋友吵著要去雙叟咖啡館，六〇年代沙特（Jean-Paul Sartre）和西蒙・波娃（Simone de Beauvoir）議論存在主義的地方。我們果眞去了，也喝了一杯咖啡，照相，抽根菸。當年沙特們的照片總是吸菸或抽菸斗，現在的法國人也依舊菸癮極大。買一包「高盧」或「季坦」的菸，空中正飄著琵雅芙（Edith Piaf）或布雷爾（JacquesBrel）的香頌歌聲，讓自己也以爲是回到五、六〇年代的巴黎街頭了。

咖啡才小小一杯，一根菸也很快抽完，而拍照更不用提，彈指之間就搞定了。突然之間，開始焦躁不安了……接下來呢？該扮成怎樣的姿態交談或寫作？

我們還是匆匆離開了，蜻蜓型的旅客，永遠是點水而止。臨走前，在小小桌面上大方地放了個有份量的硬幣當小費，頓時感覺滿室喧嘩的咖啡館，似乎完全沒注意到我們的來到或離去。聊天的繼續聊天，在桌面塗寫的也沒有停頓。巴黎的朋友說，算了，存在主義有點過時了，六〇年代也太遙遠了，去一個新的地方吧。他帶我們去拉丁區，走進Mouffetard街，稍稍轉了兩轉，來到路邊的一間小小不惹眼的咖啡店，點了一杯咖啡和一個寬玻璃高腳杯盛著的冰淇淋。他笑著看看我們，問說，想起這個地方嗎？我們怔著。

他將咖啡拿起來，很斯文而緩慢地澆淋在冰淇淋上，大家瞬間想起來了：奇士勞斯基（Krzysztof Kieślowski）的電影《藍色情挑》（Bleu）。茱麗葉・畢諾許（Juliette Binoche）離開喪夫的豪宅到市區公寓獨居時，就是經常坐在這家咖啡店發呆的。

而我們同樣坐著，在同樣的空間裡，點著同樣的咖啡。門口沒有彈琴的流浪樂手，我們卻好似穿入時空的如意門了。

夢是唯一的現實

這種快樂，有時正是來自於「將速度放慢」……

抵達聖馬可廣場（Piazza San Marco）的渡船頭，離火車出發時刻只剩一個小時，威尼斯的水上巴士很頻繁，一路或五十二路都可以到聖露西亞車站的，只可惜週日的觀光客太多了，每一艘抵站的巴士都早早已經客滿了。

我有點擔心了，如果趕不上八點零五分往巴黎的火車，一切行程又要耽擱一天了。一個人的自助旅行，這時候開始陷入莫大的焦慮中。

我扛著沉甸甸的行李，開始後悔買了這只皮革背袋。佛羅倫斯精緻而古雅的皮件，可惜不能像現代的行李箱一般，發揮力學的智慧，裝個輪子就可以拖著走。我必須運用猿人老祖宗留下來的臂力，慌忙地思索如何穿越這條大運河。

終究還是沒擠上船，心情更焦慮了，幾天以來威尼斯的優美，忽然教人沮喪，一回頭，正巧就是在總督宮和監獄之間的嘆息橋，恰恰跨越命運的兩端。

走投無路了，一艘又一艘的水上巴士還是擠不上，急智之下，到不遠的水上計程車站，詢問價格，九十萬里拉！如果里拉改成台幣，都可以在台灣買一輛小車了，然而，幸虧六十里拉才抵一元台幣，我拎了錢包，交上僅存的三十萬里拉和四十元美金，終於跳上了小船。

水上計程車的引擎急急轉動，我一個人坐在後艙，發覺自己還有一些喘息的節奏，深沉而緩慢的吐納，快快減速這一切步驟，自己的焦慮才逐漸平靜了，威尼斯恢復了原來的美麗，帕拉多羅的黃金圓球在斜射的陽光下，將我整個人的神情又閃耀亮麗起來。

我安靜欣賞兩旁的建築，朱紅或鮮黃的牆，接近一樓頂處，還有淹過的水漬痕線，將手上的旅遊手冊闔上，不再急急去辨識每一幢華屋的名稱和歷史了，只是單純地閱讀眼中看到的一切：水波、彩色的船柱、貢多船，還有逐漸後退的威尼斯的一切。

晚上八點的火車，天光還是像白天一般的明亮，我逐一走過每節車廂，快到盡頭處終於找到自己的位置，兩人共用的高等臥舖，預約金再加上座位費用，個人車費剛好三十萬里拉出頭。

另一位乘客還沒到，後來也沒出現了，火車沿著直伸的月台駛離，我很幸運地獨享這一節車廂，整個人舒服地攤平了，所有的疲憊都拋給急急倒退的窗外風景，只要閉上眼睛，天一亮，一個人就置身巴黎街頭了。

我摸一摸背包，才想起自己將隨身攜帶的詩集放到另一個行李箱，託朋友直接帶回台灣。平常的旅行總習慣帶一本詩集，既輕巧又耐讀，這次卻是漏失了。

剛剛上火車時，太匆忙了。

在義大利城市的火車站，門口前或車站裡，都有搭著大大白色帳棚的臨時書市。早知道身上沒帶書，應該在那裡拎一本的。艾可（Umberto Eco）[1]、卡爾維諾（Italo Calvino）[2]或李維（Primo Levi）[3]的小說，或是波比歐（Norberto Bobbio）[4]剛剛出版的自傳，都好。

義大利文雖然沒學過，但是，依憑著有些熟悉的拉丁字根，逐字胡亂猜地錯誤嘗試，也是一種愉悅的誤讀。

我臥在車廂裡，除了筆記本和旅遊手冊，沒有一本書。

整個人垮了。眼睛閉著。心跳聽見了。

腦海開始出現艾可的小說，片斷的《玫瑰的名字》，還有帕索里尼（Pier Paolo Pasolini）[5]給羅馬媽媽的詩，以及馬勒（Gustav Mahler）、維斯康提（Luchino Visconti）和托瑪斯·曼（Paul Thomas Mann）交錯的《威尼斯之死》[6]。

一切都是片斷的，甚至大部分來自記憶的虛構，但從另一角度而言，卻又極其完整。

我凝視著腦海中的文本，閱讀的速度逐漸放慢，也無所謂偶爾自由聯想的演出。只是依循著費里尼（Federico Fellini）的方式：夢是唯一的現實。

一列夜車，在午夜裡穿越過歐洲陸塊。

附註

1 著有《玫瑰的名字》、《傅科擺》、《昨日之島》等。

2 著有《如果在冬夜，一個旅人》、《看不見的城市》、《馬可瓦多》等。

3 李維是詩人、小說家、化學家。著有《滅頂與生還》。艾可、卡爾維諾和李維是當代義大利重要的小說家。後兩者已經去世；尤其是李維，因不堪當年集中營記憶的折磨而於數年前自殺，華文目前僅有香港〈素葉文學〉做過專題。

4 諾貝托・波比歐是義大利當代最重要的左派思想家，當年旅遊義大利時，他的傳記剛好推出，佈滿每一書店的搶眼位置。

5 帕索里尼是另一位義大利導演，其實也是義大利二戰後代表性的詩人之一。

6 《威尼斯之死》是托瑪斯・曼的原著小說，據說是影射作曲家馬勒晚年的心情，後來被維斯康提改編成電影。

在布拉格

——喜歡各自心中的卡夫卡

一九九五年，第一次到布拉格（Prag）。

第一次接觸這個奇幻的城市，它在我心中代表的角色，不是歷史古城，也不是東歐文化的淵源，更不是童話夢幻城。初次抵達這裡的我，放眼望去，都是Kafkaeque，卡夫卡風格的。

那一年是一次漫長的旅程。我們從匈牙利租車，胡亂走著，沒兩天就駛到戒備森嚴的南方國境。當時南斯拉夫最是動亂的時刻，我們卻是沒有一絲的警覺，只是安逸的走著，很荒謬地穿過夏日山野遍地的向日葵花田，遇上一群姣美少女，她們剛剛結束勞動，正要穿越小徑回家。只是，離開這美好的身影沒多久，立刻就看到沿途荷槍實彈如臨大敵的許多士兵。

然後我們繼續搭車北上，同樣荒唐地不知「捷克斯洛伐克」已經成爲過去式，如今已經是捷克和斯洛伐克兩個國家，因此也就少辦了一份簽證（在那個沒申根簽證的時代，去一趟歐洲是要辦數不清的簽證的）。我們就在入境的第一站被趕出火車而拘留了。衆人開始緊張，以爲要被審判了。

然而，期待中的審判畢竟沒有發生。我們只是被困在小小格子空間裡，眼看原來乘坐的火車離去。幾個小時後，交了七十五元美金補辦好一張全世界最貴的簽證（只是搭火車過境而已！），我們就被釋放出來了。

審判沒發生，我們搭著慢慢搖晃的火車，加上一些枝枝節節，就進入卡夫卡風格的城堡了。

那一年的布拉格還很頹圮，旅館只有兩種：不是貴族時代像帝國大飯店一般古老但破舊的昂貴旅館，就是舊城裡舊屋改成的小旅棧。我在下榻的旅棧旁邊的小書店，買了一本「卡夫卡的布拉格」之類的書，英文版，專門賣給像我這種罹患了卡夫卡狂熱症的遊客。書裡頭附了一張地圖，標出所有卡夫卡的生命足跡，我也果眞依圖索驥。

我一路走在卡夫卡的布拉格裡，跟隨他出生到死亡的蹤跡，像一個超級粉絲，不願錯過任何痕跡。我甚至走進一幢古老建築，裡頭是忙碌的辦公室。我終於鼓起勇氣敲門，問，可以參觀嗎？門口的辦事人員看到我手上的書，習以爲常地問說：「是日本來的嗎？」那幢樓是當年布拉格的「普通保險公司」（Assicurazioni Generali），也就是義大利忠利保險集團當時在布拉格的分公司。

一九〇七年，卡夫卡結束了他法律學位應有的法院實習後，在這家公司開始每天八點到十八點的上班生涯。

在這樣的工作環境裡，慢慢的，他一個字都寫不出來了。他第一次意識到，工作居然可以讓他最寶貴的寫作能力都喪失了。如果生命是這樣，人可以變得無感，那麼人怎麼不可能蛻變成一隻蟲呢？

當我走進那個辦公室，原本以爲看到的會是一望無際的辦公桌椅，裡頭有一群官僚十足的人們，像機器人般正整齊劃一地工作著。然而，那只是一間普通的忙碌辦公室，至少在我眼裡是這樣的。也許是這樣，我開始發覺自己不可能成爲卡夫卡了。

很多作家或是思想家的名字，如果夠偉大，多是加上-ian 成爲形容詞，代表追隨他的人，如 Freudian、Jungian 等等。然而卡夫卡更特別，是加上-eque 的。Kafkaeque 是一種關於風格的形容詞，是讓人麻木、失去方向，甚至恐懼不安的。

離開了布拉格，我們住進朋友的妹妹在維也納的家，但三個人仍舊繼續單獨行動。一天，當大家都出門了，原本只想鎮日發呆的我，忽然又想起了卡夫卡。我到維也納遊客中心詢問，在約瑟夫火車站搭上慢車，在克洛斯特堡下車，然後在小火車站前的遊客中心再繼續詢問。這裡沒有人能懂英文，但每個人都聽懂卡夫卡。於是我又搭上一輛巴士，坐在滿車的鄉下老人中間。

底盤很低的巴士慢慢開著，司機和全車都比他年長的乘客快樂地聊著天。我拿著紙條問司機時，他似乎不甚清楚，於是問同車的人。全車開始熱情地討論，七嘴八舌給建議。當車子停在基爾林（Kierling）小鎮之前的鄉間小站時，全車的老先生老太太都熱情地對我喊著。我聽不懂，但我知道他們是告訴我目的地到了。

我的目的地是卡夫卡生前最後一站，當年他由於肺結核病惡化，需要療養，於是來到維也納這個赫夫曼大夫的醫院。如今這醫院已經改爲卡夫卡紀念館（Franz Kafka Gedenkraum）。

這是一座偏僻的紀念館，那個下午只有我一個人。

我悠哉坐著，翻翻館裡的書，也翻翻遊客的簽名和留言。在布拉格時，人們在卡夫卡的墓前寫紙條，用石塊壓著，要寄給他，因爲有些事，特別是跟這個世界格格不入的事，只有卡夫卡最能理解。在這裡，維也納的鄉下，人們則是在公開的留言本上寫下對他的讚賞和對話。

我翻了許多頁，忽然看到兩行中文，是王浩和陳幼石。原來，多年以前，這對夫妻也來過。

王浩這位傑出的數理邏輯的哲學家，金岳霖的重要弟子之一；還有，曾在兩岸辦《女性人》雜誌的女性主義先驅陳幼石。不知道現在還有多少人知道他們呢？那一輩教人敬仰的知識人？後來王浩在一九九五年去世。不曉得這趟旅程是否是他們夫妻最後幾次的共同旅程之一？

就如同許多問題一樣，這個問題永遠沒有答案。但至少，在這個世界上，還是有許多不曾相識的人，和自己一樣，單獨的喜歡著屬於自己的卡夫卡。

殘酷的美好

九五年夏天，赴薩爾茲堡音樂節，純粹是許多意外交錯發生的。前一年工作續約和老闆產生一堆不可能化解的誤會，就知道再有萬般不捨也該閃人了。剛好，識途老馬的L君興致勃勃地要訂來年音樂節的票，當時還前途茫茫的我也就自暴自棄地參加了。

那時的我還不是什麼古典樂狂熱分子。只是，成長在一個崇拜歐洲文化環境裡的任何亞洲知識人，恐怕卡拉揚、柏林愛樂、維也納愛樂幾個名詞是就足以教人心存敬畏，整個人開始充塞著朝聖之情的神聖之旅。

那一年的旅程雖然還有許多記憶，卻沒詳盡到記住任何表演者或曲目等等。只記得聽了好多場兩大交響樂團參與的演出（快聽膩了！），在廣場上與每年例行演出的《普通人》，還有竟然沒買到票的潔西‧諾曼（Jessye Norman）擔綱的《茶花女》，似乎只記得寄宿的那家金鴨飯店，和利用藝術節期間到薩爾茲堡高地的三兩天旅程。

多年以後在台灣看到邁可‧漢內克（Michael Haneke）拍攝的《鋼琴教師》（La

Pianiste），忽然才想起那一次旅程的許多細節。

漢內克這位新崛起的電影導演，慕尼黑出生，大學主修哲學、心理學和電影，果真在作品中也全然發揮了這三種特色，交織成自己的風格。九二或九三年台北金馬獎外片觀摩時，放了他的《班尼的錄影帶》（Benny's Vedio），一群電影狂熱好友爭相走告；到了九七年《大快人心》（Funny Game），赫然被震撼得說不出口了。

在薩爾茲堡高地的旅程，是我生平第一次體會到「自助旅行成爲好友分手最好方法」的說法。最後一天，三個人決定各走各的路。L去搭往北繞回西邊的火車，R則是往南。只有我，以爲兩點之間最近的距離就是直線，堅持要搭巴士向東走，趕上該晚的《玫瑰騎士》。所有禍難也就因此發生。

當我發現歐洲的普通巴士主要是供民衆上班上學搭乘，許多路線只有週日才行駛時，已經是第一班巴士的盡頭：就在荒郊野外。司機耐心地看著我，說，沒關係，十分鐘後這巴士才轉回頭，你可以考慮再搭回去。我正猶豫，忽然登山口出現幾個人，願意讓我搭便車。他們是波蘭來的移民，三、四年前才來的，還保有東歐的熱情。只是我當時不知道，以爲這就是奧地利的日爾曼風氣。

第一段便車到分歧點以後，我沿著美麗湖泊和高級別墅的車道，一路招手想再搭便車。車子不多也不少，但是，一百輛過去，兩百輛過去，我的手臂已經失去揮動的熱情。

多年以後，在《大快人心》裡，看到那幾個頑劣惡少所闖入的優雅別墅，忽然想到那一年路過的高級住宅區。導演漢內克是多麼殘忍，隨著畫面的流動，讓觀衆全然溶入，連自己內心的殘酷都不知不覺地參與到凌虐的行列。

殘酷是在我們每一個人的內心深處，甚至是世間最美的事物。

《鋼琴教師》裡更進一步顯示了這個主題：所有的美好，特別是精準而優雅的美，其實都是人類社會集體潛意識裡的法西斯情結。

那一年到薩爾茲堡，幸虧是在漢內克電影還沒拍以前。我沿著高地的湖泊走，後來才發現搭便車的竅門：到加油站直搗黃龍，直接就敲爲了加油停下的房車車門。那些高尚的日爾曼人，只要無法像快速車道上可以迅速駛離而假裝看不到你的存在，面對面時，只好很有風度地接受我這位陌的亞洲男子的請求。

那一天，歷經五輛便車的搭乘，終於趕上維也納愛樂伴奏的《玫瑰騎士》。一流的樂團，小提琴手劃一地拉弓，每一位都是《鋼琴教師》裡的主角，受虐長大也可能因此爆炸的美好事物。

二〇〇四年，《鋼琴教師》的原著作者，奧地利女小說家葉利尼克（Elfriede Jelinek）得到諾貝爾文學獎。這位曾經被家人強行逼迫學音樂，最後卻因精神壓力而輟學的創作者，一生對社會壓制的潛在法西斯力量奮戰不懈，完全不掩飾自己的激烈態度。在她眼中，甚至連諾貝爾獎也是她所痛恨的布爾喬亞遊戲。難怪在法蘭克福書展時，當得獎消息一揭露，德國前一位得獎的小說家君特・葛拉斯（Günter Grass）立刻公開勸她一定要去領獎。

在古典樂與意識形態之間，我很好奇，不知道蘇珊・桑塔格（Susan Sontag）會怎麼評論？剛去世的薩依德（Edward Said）又會怎麼說？

馴服的儀式

——契訶夫的中年

九八年夏天在莫斯科自助旅行，我對這個開始激烈變化的城市充滿矛盾，緊張的警覺和興奮的驚奇交織而來。在托爾斯泰（Leo Nikolayevich Tolstoy）舊宅改建的紀念館裡，吃盡幾位老婦管理員官僚十足的排頭以後，忽然想起契訶夫（Anton Pavlovich Chekhov）《六號病房》裡那位列根醫師，一位托爾斯泰主義者。這位堅持不抵抗主義的醫療者，也是象徵托爾斯泰宗教家一般的社會改革態度的代表人物，最後卻在向來主張暴力，並且以鞭打病患進行管理的尼其塔恐怖的毆打下死去。

寫下這作品的契訶夫已經三十二歲，開始對托爾斯泰近乎宗教的社會理論感到幻滅。儘管這兩位老少作家終其一生還是維持相當不錯的情誼，托氏還是埋怨這位年輕作家「信仰不堅」，而契訶夫則是堅持他的出版社將廿六、七歲時寫的宣揚托氏理念的文章完全刪除。

一位逐漸成熟的創作者，從年輕走到了中年，卻開始要面對自己信仰的瓦解，將是如何的生命處境？

後來有一年在華山看《彎曲海岸長著一棵綠橡樹》，黎煥雄版本的契訶夫。參與這一齣戲的，幾乎全是隨著八〇年代小劇場運動而造就出來的劇場工作人員，導演、許多演員、舞台設計者等等，不知不覺也中年了。這一晚的華山，深邃的舞台十分幽默而寧靜，中年的困惑不再有年輕時那種吶喊和撞擊，卻果眞是永遠不停止延伸的彎曲海岸。

契訶夫是壓抑的。他的童年常面對父親不可思議的暴力，以致於上學以後，對於同學表示「爸爸從不打他」感到不可思議，日後也經常提起「自己沒有童年」，甚至於影響到他的創作：從來沒有小孩的角色。

契訶夫卻也是多情的。破產的爸爸，自私地一個人跑到莫斯科躲債；最後，無法招架經濟壓力的媽媽，也不得不攜帶其他兄弟姊妹離開塔干洛小鎭。十四歲的契訶夫中學教育只剩兩年，在不願中輟的緣由下只好獨自藉由家教工作養活自己，最後甚至靠自己的優異成績拿到小鎭議會的獎學金，到莫斯科大學學醫。儘管成長過程辛苦，但他始終掛念弟妹，因此在文壇初露頭角時，立刻在莫斯科郊區買下一個農場，全家終於可以團聚住在一起。

因爲壓抑和多情交織而成的矛盾，他對藝術表達方法的主張是強調情緒的節制。他在信裡自稱「不時反對作者自身的情緒放縱」，他要求演員就以平常生活的方式去表演，他還告訴同行說：「你記得獵人怎麼獵殺麋鹿嗎？若麋鹿也用可憐的眼光望著獵人，沒有一個獵人能狠心下手的。」他是這般地壓抑，以致於也恐懼婚姻。

當其他五位兄弟姊妹陸續結婚以後，大家都爲他的婚姻焦急。他寫信回答說：「我的條件：是一切照舊，她仍住在莫斯科，我住在鄉下，定時的探訪會面即可，我不能忍受天天都生活得快快樂樂的。」還說：「我一定會做個好丈夫，但我希望我太太像一個月亮，不會整天都出現在我面前。」

衆所皆知，契訶夫最後雖然還是結婚了；不過，那是許多條件下的婚姻。在四十歲那一年，他的確因爲深愛這位女演員歐珈・柯妮柏而結婚，情書中也直接陳述自己的愛，不再像年輕時另一場戀愛的曖昧。契訶夫年輕時寫了很多極其美妙的信給妹妹馬莉亞的朋友麗吉亞・米吉諾亞。全家都看得出他愛上了這位「金髮的麗吉亞」，可是這些信裡永遠充滿頑皮的、嘲弄的口氣。最後，失望的麗吉亞和契訶夫的朋友波塔奔可結婚了。

四十歲時的契訶夫，肺結核已經嚴重復發。也許是他知道自己不久於人世吧！也許太太不一定是月亮，但自己將是沉落西山的太陽。也許是歐珈的職業使然，這位經常巡迴演出的傑出演員，雖然一直寫信表示想念契訶夫且擔心他，契訶夫卻以「藝術第一」的理由堅持歐珈不可爲婚姻而放棄表演事業。契訶夫這種不知如何與人親密相處的個性，在歐珈的某封信裡寫得很清楚：「你很幸運，你總心平氣和，沒有什麼煩惱；我有時覺得你對分離、情感和變化，都一副無所謂的樣子。這不是你個性的弱點，也與漠然大不相同，而是你不讓某些事情顯得特別重要。你笑了嗎？我能想見你在看我這封信的樣子……」

四十四歲生日那一天，也是《櫻桃園》首演的日子。藝文界的朋友決定在第三幕和第四幕之間，安排一場肯定契訶夫成就的演講和贈禮，可是，契訶夫卻消失了。後來他被勉強帶到劇院，觀眾卻發現他早已站不穩。首演完畢，契訶夫回到雅爾達養病，四個月稍稍調養後，在醫生建議下前往南德黑森林繼續療養，但到巴登威勒不久就去世了。

我在莫斯科的旅行，即是將要四十歲前最後三十日的自助旅行中，忽然想起契訶夫。旅遊指南說莫斯科南部的小鎮墨里可荷夫有座契可夫博物館，我十分想去，最後還是在無限猶豫中放棄了。

那一年的莫斯科，對一位台灣旅客而言，還是陷在重重障礙裡。俄航從香港直飛的航線還沒開始，莫斯科機場除了存心敲詐的計程車司機，沒有任何通往市區的交通工具。市區裡各路軍警將亞洲人全視爲是來自中國跑單幫的倒爺，就是隨時願意塞紅包當肥羊的。沒有太多人懂英語，所有前一年旅遊手冊上推薦的餐廳和跳蚤市場也都不在原地，連販賣給外國人火車票的窗口也換了許多地方。

也許，這就是契訶夫式的中年吧，一個陷在重重柵欄後的城市。

創作的心靈原本是年輕的獸，如今卻要面臨中年的馴服儀式了，甚至連溫文儒雅的契訶夫也不例外。

臨死的契訶夫大量吐血，醫生努力急救，包括將冰塊放在他胸膛，他最後回答說：「算了，你不必把冰塊放在一個空空的心靈上。」

這是契訶夫的中年，可能也是許多藝術家的中年，如果他們可以活到這年紀。

魔幻的荒謬之旅

——都是馬奎斯的錯

一九九一年八月，某一個週六的凌晨，一片白晝裡，我在半睡的狀態中忽然醒過來。

那是布宜諾斯艾利斯國際機場，一座極其摩登的建築：高挑的穹頂，一覽無際的空間，完全地暴露在強力的照明下，只剩下空曠的現代感。

我一個人，只有我一個人，在這空蕩蕩的現代主義鋼筋鐵泥曠野裡。

前一天才從瓦爾德半島飛回來，身上只剩十五塊美金。我必須立刻決定：是不是包一輛計程車到半小時外的市區，找美國運通中心用信用卡預借現金？但那是星期五，拉丁文化的風俗不知會上班到幾點。如果趕到時已經關門了，我可是連車錢都付不出來了。

最後，還是膽怯猶豫了。我轉向出境樓層，向櫃臺堅持要機票改期，提早回洛杉磯。我十分焦慮，也因此很堅持，十分官僚的阿根廷航空公司職員，最後也讓步了。終於，我可以搭三十六小時後，也算是第二天的飛機了。

只是，當我待在這個號稱國際機場的地方打發時間，隨著落日的來臨而準備過夜。那些年背包客生涯，總習慣在許多火車站或巴士總站打盹等車，也就一點也不以爲意。卻沒想到在這個機場，白天時四周熱鬧的人群，忽然隨著光線的流失也慢慢消失，最後甚至是連心跳都完全安靜下來。我成爲唯一的一個人，在這個地球最南端、還高高亮著所有燈火的所謂國際機場。

這一場荒謬的拉丁美洲之旅，全是馬奎斯（Gabriel García Márquez）的錯。

更早的十年以前，一九八二或一九八三年，《百年孤寂》在台灣翻譯出來了，《獨裁者的秋天》、《預知死亡紀事》也陸續有中文版問世。作爲一個在七〇年代鄉土文學論戰中成長的文藝青年，我當時雖然充滿諸多的社會理想，但在創作的路上正自覺越來越窒息，再也找不到寫作的快樂了。這時，不經意地看到同樣是第三世界的拉丁美洲文學作品，特別是馬奎斯的小說和聶魯達（Pablo Neruda）的詩，忽然所有枯萎的細胞又恢復了活力。

拉丁美洲，於是成爲我那時的文學聖山。

我決定去這遙遠的地方。當時，王家衛還沒拍《春光乍現》，張國榮和梁朝偉還沒一路吵架開車到伊瓜蘇瀑布，一切都還很陌生。

我從一年前開始籌劃，一切卻比想像的困難。其中，哥倫比亞的簽證幾乎比登天還難。剛從馬德里拿到西班牙文學博士回來的張淑英教授，還爲我寫了好幾封信，說這個年輕人熱愛貴國作家馬奎斯，想到他的故鄉阿拉卡塔卡（Aracataca），也就是《百年孤寂》和他許多小說故事背景裡的那個村莊馬孔多。

那時，哥倫比亞還是毒梟治國的狀態，馬奎斯儘管是在一九七二年得了諾貝爾獎，恐怕是流亡在某一路途上。而我，在這個遙遠而封閉的亞熱帶島嶼，卻進行著一個十分超現實的計畫。

總之，哥倫比亞沒去成。我直接到了阿根廷。而阿根廷那時正是金融危機的末期，貨幣的匯率一天數十變，政府索性將一匹索的匯率固定爲一美金。只是當我踏上布宜諾斯艾利斯的街道，從那些蕭條的店家和沉寂的商人身上才知道，一般商家已經被不可預測的金融海嘯嚇怕了，連五星級旅館也不收信用卡了。這也是我在布宜諾斯艾利斯機場，在阿根廷四處旅遊後，全身只剩十五美金的緣故。

我決定在阿根廷國內旅遊後，提早回洛杉磯。

原本的計畫是到孟多薩（Mendosa），再從這個酒鄉搭巴士越過安地斯山脈，直奔智利的聖地牙哥。落腳以後再隨意逛逛，包括去附近的黑港拜訪聶魯達的故鄉。然而，這一切都沒了，我就這樣困住了。

從阿根廷回來後的幾年，我讀著馬奎斯新出版的短篇小說《異鄉客》（時報，

1994）其中的一篇〈我只是來借個電話〉，小說的女主角瑪麗亞陰錯陽差成了療養院裡的精神病患，甚至連前來接她的丈夫撒坦諾也相信院長的說詞：病情十分嚴重，對電話有古怪的執著，需要再住院繼續治療下去。

撒坦諾向瑪麗亞承諾：「我以後每個星期六都會來看你。相信我，一切都會順利的……」

「老天爺！你該不會也以爲我瘋了吧！」瑪麗亞表現出的是目瞪口呆的驚訝。

「怎麼會？不過如果你留在這邊一段時間對每個人都好……」

「可是我已經跟你說過，我只是來借個電話！」瑪麗亞忍不住對丈夫大叫。

只不過是因爲車子拋錨而已，卻困在不再容易出來的精神病院，再也回不去原來的生活軌道。

在布宜諾斯艾利斯機場的我，如果沒要到機位，如果做錯決定，如果……，會不會就困在語言不通的陌生大地，再也回不到原來的生命？像一場夢，永遠不會醒過來，而人就留在有點驚悚的夢境裡？

馬奎斯不就這麼說了：「馬孔多這個小鎮，幾乎可以說，就是心智的一個狀態，讓你看到自己要的是甚麼，以及你想要怎樣看這一切。」

在那一個下午搭上飛機以後，我終於離開了機場。但，我眞的離開了嗎？

跨越時空的藝術排行榜

朋友問我，到巴黎可有哪些非去不可的景點？我想了想，提到兩個地方，一個是居美東方藝術博物館，另一個就是拉雪茲（Cimetière du Père-Lachaise）神父墓園了。

作家平路赴港擔任光華中心主管之前，接受香港媒體採訪，談到她到任以後最想做的幾件事。她沒談太多的計畫，倒是提到，如果可以找到蔡子民先生的墓，希望能親臨悼念。

我不曉得這墳墓好不好找。如果看過陳果導演的《香港製造》，看幾個年少的主角在一望無際，甚至是滿山滿谷的墓碑之間，眞有茫茫人海何處尋找的感嘆，恐怕昔日目蓮下地獄去救母，也同樣有不知從何處找起的無奈吧！

台灣也好，香港也好，在任何華人社會裡，因爲人口稠密，再加上對祖先墳墓的超級禁忌，似乎所有的墓園或墓山的荒涼和蒼茫，都不知不覺地模仿了民族共同想像中的地獄圖像。而不像是巴黎拉雪茲神父墓園。這個墓園我去拜訪了兩次，其中第一次是當時留學巴黎的好友林君帶路的。

林君和我是同一時代的文藝青年，在鄉土文學的薰陶下長大的，卻也在一九八五年一起參與最早批判和反省鄉土文學思潮之侷限性的某一文化雜誌的創刊。只是當時都還是滿腦寫實主義的我們，想當然爾地，去朝拜了巴爾札克（Honoré de Balzac）和莫里哀（Molière）的墓，卻略過了搶眼的王爾德（Oscar Wilde）；拜訪義大利民族歌劇大師羅西尼（Gioachino Rossini）和波蘭鋼琴詩人蕭邦（Frédéric Chopin），而懶得去理美國搖滾聖人吉姆・莫里森（James Douglas "Jim" Morrison）。

拉雪茲神父墓園是不變的，但自己的理念卻持續在改變。第二次去拜訪時，自己終於稍微打開了視野，才開始遇到更多的大師：鄧肯（Isadora Duncan）、琵雅芙（Edith Piaf）、普魯斯特（Marcel Proust）、卡拉絲（Maria Callas）等等。

後來，逛墓園成爲我在歐洲遊行時經常做的事。

離開羅馬準備開車前往威尼斯的那一天，朋友們決定先試一試車子。我們不敢開太遠，有點緊張，甚至在前往不遠的哈德里安別墅以前，先試著開到羅馬市區南端的新教徒墓園。我們原來是要去尋找濟慈的墳墓。這位可憐的窮詩人，肺結核嚴重病發時，稍稍年長於他的雪萊和拜倫等人邀他來羅馬，一起住在西班牙廣場旁的樓屋，也就是現在雪萊和濟慈的紀念館。沒多久，濟慈就去世了。又沒兩年，雪萊也在熱內亞附近的海域翻船過世，遺體在沙灘上直接焚化，骨灰也回到羅馬的這塊墓地安葬。直到現在，還有人像我們這樣千里迢迢而來，只爲了看地上那塊石碑上的名字：「這裡葬著一位名字寫在水上的詩人。」

偶爾，會有一些沒出現在旅遊手册上的驚奇。我們走著，才發現被尊爲西方馬克思主義之父的葛蘭西（Antonio Gramsci）也是葬在不遠的地方。當年念大學時，還是台灣軍事戒嚴的時代，我們在師大附近的影印店，偷偷翻印簡體字版的葛蘭西《獄中札記》。我不曉得有多少人看完了那一本書。不過，葛蘭西「有機知識份子」的概念卻是影響了包括我在內的許多朋友。

另一次驚奇，是在瑞士日內瓦湖的小城蒙特婁。我是冬天抵達的，剛從白雪皚皚的阿爾卑斯山下來。冬天的遊客都在高山的雪地裡，這裡反而冷清了。遊客中心裡閒晃的女職員，難得看到一位遊客，於是特別熱心地介紹這城，說這兒不只有湖濱的卓別林（Charles Spencer Chaplin）銅像，城都的墓園還葬著卓別林。我去了，才發覺不只是卓別林，偉大的英國小說家格里罕・葛林（Henry Graham Greene）也在此。葛林這位一直在逃離家鄉的文人，在自己小說中寫遍了世界各國，創造了自己的「葛林王國」，最後反而是在這裡躺下，日內瓦湖畔六呎泥土下。我沒看過他的傳記，不知這個選擇究竟是如何決定的。

當年台北SARS的殘忍，奪走了數位醫護人員的生命。政府當局表示要將他們奉祀忠烈祠，媒體上卻是各種不同的聲音，有人認爲忠烈祠的神聖性是更加崇高的。儘管忠烈祠再怎樣神聖，終究還是墓地一塊。這個墓地，我自己除了小學畢業旅行到台北時曾進去一趟，多少年來經常開車路過，從不曾踏入，自然無法想像那種意義。忠烈祠也好，萬神殿也好，反而是這遙不可及的、沒有個性的死後世界。我聽到這些爭議時，反而想起了法國政府決定將大仲馬（Alexandre Dumas）的遺骸移靈到巴黎萬神殿的過程。

萬神殿是莊嚴而美麗的，而且對於入選之人的資格，篩選是極其嚴格的。當年法國總統席哈克堅持將大仲馬送進萬神殿，成爲這裡面的第六位作家。許多人卻是站出來反對，理由不外大仲馬的作品是當時的通俗文學而已、大仲馬生性風流而私生活不檢點云云。只是，去過萬神殿的遊客都知道，在這許許多多的名字裡，一切似乎一模一樣了。還不如像拉雪茲神父墓園那些或坐或躺的墓碑，人們可以供上自己喜歡的花朵或其他紀念品。好事之徒也可以品頭論足一番，藉由這些數量不同的鮮花，說今年的巴黎人似乎喜歡蕭邦的程度又超過琵雅芙，這彷彿是一個跨越時空的藝術排行榜呢！

始終過一種不顯著的生活

——屬於里爾克的祕密隊伍

1

每年的暑假，總有許多國際會議讓我有個名正言順的旅遊安排。這一年的暑假也不例外。

這一年，歐洲的榮格學會在亞德里亞海海濱的一個城市開會，我因此選擇了飛往威尼斯的航線。只是這一次不急著去威尼斯這個擠滿了全世界遊客的旅遊之都朝聖，只想順著這個會議的方向，在亞德里亞海的四週好好逛一逛。

出發前連續幾個晚上，我在電腦上搜尋可能的景點，然後在地圖上研究租車後可能的行駛方向。就這樣，碰巧找到杜伊諾（Duino），這個不存在於旅遊手册景點名單裡的小鎮。它距離機場才一百三十公里，下機以後恰好可以悠閒地抵達，順便熟悉義大利各種路況和付費公路的收費方式，也可以早一點休息適應可能發生的時差。

然而，交通比想像的順利。

在導航系統的協助下，開著租來的車有點慌亂地前進，竟然快快就抵達這個未曾來過的小城。整個過程，要比在租車中心搞懂衛星導航系統GPS的新邏輯容易多了。甚至，在GPS找到杜伊諾時，人的心智狀態就等於到達了這城。

我開著租來的車子，不必再思考，像百分百聽從語音指令的機器人駕駛。有了衛星導航，再也沒有過去迷路的緊張，當然也失去了過去隨興找一條路閒晃的小小冒險所帶來的樂趣。

里爾克的杜伊諾城堡，很快就出現在眼前，一個偌大的建築物，佇立在亞德里亞海清澈的海水旁。

2

里爾克（Rainer Maria Rilke）[1]，在這個世界上，他的作品是如此深刻地影響著每一顆浪漫的心靈，在不同的國度和不同的時代。

在出發到歐洲進行這趟旅行的前一個月，還考慮著要不要去杜伊諾城堡時，托人買到大陸剛剛出版的，由陳早譯的《布里格手記》。只因爲看到一則文章，提到這本書可能是目前爲止最好的中譯本。

Die Aufzeichnungen des Malte Laurids Brigge，德語詩人里爾克的這本重要散文作品，過去有不同的譯名，有的是用書中主角的姓，有的使用他的名字。在台灣，早期最流行的是方瑜所翻譯的《馬爾泰手記》，志文的新潮文庫版。後來也有譯爲《馬爾特手記》或是《馬爾他手記》等等不同譯本。

在這本書裡，從巴黎回來的里爾克，用自己的經驗創造出一位出生在沒落貴族家庭裡，性情孤僻敏感的丹麥詩人。里爾克在這本書的七十一個沒有連續性的章節中，透過了回憶和告白，討論著孤獨、恐懼、衰弱、死亡、愛、創造等等。愛、孤獨、死亡……也許是因爲這樣的緣故，《馬爾泰手記》一直都是在臺灣的六、七〇年代，包括我在內的好幾代的文藝青年，人手一册的經典。

在六、七〇年代的台灣，青年人的苦悶是沒有出口的。而里爾克的作品，似乎就是這種被壓抑的時代最最深沉的感受。在所有的言論都被禁止的時代，里爾克的浪漫主義成爲當時年輕詩人們的祕密宗教。

依詩人李魁賢的說法：「台灣在戰後，公開撰文介紹或翻譯里爾克作品的當以故劉慶瑞教授爲肇始，但比較積極者爲方思，方思所譯之《時間之書》對詩壇發出相當大的影響，里爾克對內在生命本質探求的精神和表現手法，啓發了某些詩人的訣竅……」另外的譯者，還有葉泥、方瑜、程抱一等人。然而最重要的，還是詩人李魁賢本人。

一九三七年出生的李魁賢，三十歲那年被他任職的台肥公司派往瑞士工作三個月。身爲里爾克祕教的成員，早在前一年就把英文版的里爾克《致青年詩人書簡》翻譯成中文。這一次李魁賢「把握人在瑞士工作的機會，輾轉向德國出版社郵購了六大卷里爾克全集，及里爾克生前出版的單册作品等書。光是購買這些書，就耗去他整整三個月的薪水。」

一九六九年，他先翻譯里爾克詩集《杜英諾悲歌》、《給奧菲斯的十四行詩》和侯篤生著的《里爾克傳》。後來整整三十年，他翻譯了《里爾克詩集》三册和《里爾克書信集》。

同樣的，一九七二年，旅居法國的程抱一在純文學出版社出版了《和亞丁談里爾克》。

里爾克的信徒像一支不太爲外人所知的祕密隊伍，人數也許不多，卻始終是一輩子的狂熱。

在陽光的時代，這一群人也許會被愉悅的喧囂聲音所淹沒，唯有孤獨的人才會主動投入；在壓抑的時代，當大家都噤口不語，這個人數不多的祕密隊伍雖然還是遙遠，卻是成爲心靈深處的唯一聲音。

3

青年人感覺生活的世界沒有出口，恐怕不只是我們那個年代。在更早以前的三〇年代，中國也曾經出現過。也因此，里爾克就這樣早早地從遙遠的日耳曼，進入到中文的世界裡。

一九三一年，偉大的詩人馮至（一九〇五—一九九三）根據德文原版，翻譯里爾克著名的《給一個青年詩人的十封信》。他在〈譯者序〉裡這麼寫著：「里爾克除卻他詩人的天職外，還是一個永不疲倦的書簡家；他一生寫過無數比這十封更親切、更美的信。但是這十封信卻渾然天成，無形中自有首尾；向著青年說得最多。裡邊他論到詩和藝術，論到兩性的愛，嚴肅和冷嘲，悲哀和懷疑，論到生活和職業的艱難——這都是青年人心裡時常起伏的問題。」

翻譯這些的那年，馮至才二十六歲。他剛剛從北京大學畢業，就告別了魯迅的課堂和沉鐘社的好友，到了德國海德堡。

在馮至女兒的一篇文章裡，這麼寫著：「父親初到德國時，里爾克的作品使他欣喜若狂，認爲終於找到了自己尋求已久的理想的詩，理想的散文，也看到理想的人生。他馬上認眞地翻譯里爾克《給一個青年詩人的十封信》，譯完一封，寄出一封，要楊晦在國內發表，介紹給國內的青年。他覺得這些言論對於自己，是對症下藥『擊中了我的要害，我比較清醒地認識到我的缺陷，我虛心向他學習』。」

「他認眞研讀里爾克著作，選定《馬爾特・勞利得・布里格隨筆》作自己博士論文的題目，論文提綱都寫好了，卻因爲導師阿萊文教授是猶太人被撤職而作罷。」這樣的情況下，馮至只好改變方向專門研究歌德了。

馮至早在北京大學讀書時，就已經被里爾克深深吸引。其時方經歷五四新文學運動，以徐志摩爲首的詩壇正以浪漫主義抵抗陳腐的文化傳統。馮至在畢業那一年，首次讀到富有浪漫主義氣味與神祕主義色彩的《旗手克里斯多夫・里爾克的愛與死之歌》，立即被它的藝術情調和文體風格所吸引。

他說，和里爾克的初次相遇，「是一種意外的、奇異的收穫。色彩的絢爛、音調的鏗鏘，從頭到尾被一種幽鬱而神祕的情調支配著，像一陣深山中的驟雨，又像一片秋夜裡的鐵馬風聲：這是一部神助的作品，我當時想；但哪裡知道，它是在一個風吹雲湧的夜間，那青年倚著窗，凝神望著夜的變化，一氣呵成的呢。」

當時喜歡里爾克的詩人，當然不只是馮至一個人。許多人將里爾克的作品翻譯成中文，甚至還出現好幾種譯本。卞之琳率先將《旗手》譯爲中文，他譯爲《軍旗手的愛與死》，一九三六年出版；梁宗岱隔年也將其翻譯成中文，題爲《軍旗手底愛與死之歌》。

4

梁宗岱這位詩人學者，早年留學歐洲多年，與梵樂希、羅曼・羅蘭等當時的歐洲文壇大師交往頗深，也是力勸馮至到海德堡留學的關鍵人物。他還在德國海德堡訪學時，寫了一封長信給徐志摩，批評孫大雨的《訣別》之缺乏感染力，反問說：「這究竟是爲什麼呢？豈不是因爲沒有一種熱烈的或豐富的生活——無論內在或外在——作背景麼？」

針對當時浪漫主義已經蔚爲風潮的情形，梁宗岱認爲浪漫主義也是需要生活體驗的：「白朗寧夫人底十四行詩是一個多才多病的婦人到了中年後忽然受了愛光底震蕩在暈眩中寫出來的；魏爾侖底《智慧集》（*Sagesse*）是一個熱情的人給生命底風濤趕入牢獄後作的；《浮士德》是一個畢生享盡人間物質與精神的幸福而最後一口氣還是『光！光！』的眞理尋求者自己底寫照；《年輕的命運女神》是一個深思銳感多方面的智慧從廿餘年底沉默洋溢出來的音樂……」

最重要的，他特別提到里爾克關於「觀察和等待」的藝術見解，作爲新月諸子的借鑒：

「……里爾克在他底散文傑作《布列格底隨筆》裡有一段極精深的

話，我現在把它翻出來給你看：

『一個人早年作的詩是這般缺乏意義，我們應該畢生期待和採集，如果可能，還要悠長的一生；然後，到晚年，或者可以寫出十行好詩。因為詩並不像大眾所想的，徒是情感（這是我們很早就有了的），而是經驗。單要寫一句詩，我們得要觀察過許多城許多人許多物，得要認識走獸，得要感到鳥兒怎樣飛翔和知道小花清晨舒展姿勢。要得能夠回憶許多遠路和僻境，意外的邂逅，眼光望著它接近的分離，神祕還未啟明的童年，和容易生氣的父母，當他給你一件禮物而你不明白的時候（因為那原是為別一人設的歡喜）和離奇變幻的小孩子底病，和在一間靜穆而緊閉的房裡度過的日子，海濱的清晨和海的自身，和那與星斗齊飛的高聲呼號的夜間的旅行——而單是這些猶未足，還要享受過許多夜夜不同的狂歡，聽過婦人產時的呻吟，和墮地便瞑目的嬰兒輕微的哭聲，還要曾經坐在臨終的人底床頭，和死者底身邊，在那打開的，外邊底聲音一陣陣擁進來的房裡。可是單有記憶猶未足，還要能夠忘記它們，當它們太擁擠的時候；還要有很大的忍耐去期待它們回來。因為回憶本身還不是這個，必要等到它們變成我們底血液，眼色和姿勢了，等到它們沒有了名字而且不能別於我們自己了，那麼，然後可以希望在極難得的頃刻，在它們當中伸出一句詩底頭一個字來。』

因此，我以為中國今日的詩人，如要有重大的貢獻，一方面要注重藝術修養一方面還要熱熱烈烈地生活，到民間去，到自然去，到愛人底懷裡去，到你自己底靈魂裡去，或者，如果你自己覺得有三頭六臂，七手八腳，那麼，就一齊去，隨你底便！總要熱熱烈烈地活著。固然，我不敢說現代中國底青年完全沒有熱烈的生活，尤其是在愛人底懷裡這一種！但活著是一層，活著而又感著是一層，感著而又寫得出來是一層，寫得出來又能令讀者同感又一層……中國今日底詩人真是萬難交集了！」

而梁宗岱本人確實也是依循著這樣的態度眞實地生活，連他一生的愛情，也都是這麼的直接而不在乎世俗的眼光。同一世代的北京大學教授溫源寧因此說：「萬一有人長期埋頭於硬性的研究科目之中，忘了活著是什麼滋味，他應該看看宗岱，便可有所領會。萬一有人因爲某種原因灰心失望，他應該看看宗岱那雙眼中的火焰和宗岱那濕潤的雙唇的熱情顫動，來喚醒他『五感』世界應有的興趣；因爲我整個一輩子也沒見過宗岱那樣的人，那麼朝氣蓬蓬、生氣勃勃，對這個色、聲、香、味、觸的榮華世界那麼充滿了激情。」

5

里爾克祕教在世界各地悄悄地傳給一代又一代。他的後裔們一方面盡畢生之力將他的作品翻譯出來，一方面則是沉浸在他的精神裡而創造出更多的作品。

在三〇年代包括馮至在內，《中國新詩》創辦人之一的女詩人陳敬容（一九一七—一九八九）、九葉派女詩人鄭敏（一九二〇—），與陳寅恪、錢鍾書同被譽爲二十世紀中國最有學養之知識份子的吳興華（一九二一—一九六六），在他們的作品中，都可以看到里爾克深刻的影響。

在台灣，李魁賢從六〇年代就開始將里爾克引進華文世界，自己的作品自然也深受影響。這一引進，影響了當時偏愛抒情和哲理的年輕詩人。

羅智成就是一個例子。從他的早期詩集名稱《光之書》、《給寶寶的書》……，就可以看出對里爾克一定的憧憬。

里爾克因此成爲影響我們四、五〇年代出生的作家的重要人物之一，而且是透過各種不同的管道。其中一個就是馮至的《十四行集》。

一九七九年，大學二年級暑假，我參加了救國團的復興文藝營。在那五、六天裡，來自各大學的文藝青年每晚促膝長談，總有說不完的看法和傳說。有一個晚上，同梯次的一位台北醫學院學長拿出他自己手抄的詩集。那是我第一次讀到馮至的《十四行集》。

一九四一年，因爲抗戰而撤退於昆明的馮至，完成了二十七首十四行詩。《十四行集》不再像前行的浪漫主義者如徐志摩「那樣渲染『光、花、愛』的炫美，歌詠青春的哀怨和人世的挫折，也不像抗戰詩歌那樣抒寫血與淚、劍與火的現實感懷，而是排除個人的激情宣洩，沉思默察，真實而嚴肅地在日常生活和平凡事物中發現詩意，並且融入對於生命真諦的深沉思考，而以樸素自然、明澈純粹的文字出之，出版後立即引來一片好評。」（張松健〈里爾克在中國：傳播與影響初探，一九一七—一九四九〉）

馮至在〈鼠曲草〉一詩中，描述這植物籍籍無名，默然過著不惹眼的生活，卻又是獨自擔當著偌大的宇宙。這樣的高潔靈魂，使世上的喧囂黯然失色。這裡反映的，正是褚威格（Stefan Zweig）在他寫的里爾克傳記中描述的里爾克：「居於幽暗而自己努力」、「始終過一種不顯著的生活」。

我常常想到人的一生，

便不由得要向你祈禱。
你一叢白茸茸的小草
不曾辜負了一個名稱

但你躲避著一切名稱，
過一個渺小的生活，
不辜負高貴和潔白，
默默地成就你的死生。

一切的形容、一切喧囂
到你身邊，有的就凋落，
有的化成了你的靜默：

這是你偉大的驕傲
卻在你的否定裡完成。
我向你祈禱，為了人生。

6

一九九二年我第一次到大陸，落地在昆明，參加對岸台聯舉辦的活動。

當時，這樣的兩岸交流，對台灣來的我們，在政治安全上其實是十分冒險的。大陸政府就是擺明了是統戰，而我們則是充滿好奇。最後，因為年輕的熱血，還是不顧一切敏感，偷偷地參加了。

抵達以後，剛開始一切充滿了新奇。有教人興奮的，也有叫人沮喪的。特別是滇池，從小在地理課本上讀到的美麗湖泊，竟然因為興建的發電廠和工廠，而被汙染得一塌糊塗。

北京來的許多朋友中，大多是比我們年長的少數民族學者。有兩個學者是我印象最深刻的。一位溫文儒雅的長者，一路安靜而微笑看著我們熱鬧地喝酒辯論。直到抵達西雙版納，飛機一降落，沿途許多民眾紛紛朝他跪拜頂禮，我們才驚覺他是西雙版納舊王室的遜位太子。

另一位婦人十分平靜而親切，一點架勢也沒有。有一天，幾個中國中央電視台的工作人員也加入了，是要找她去拍些記錄片子。原來是昆明西南聯大的遺址要拆了，特別跟隨她來做一些紀錄。

台灣來的朋友裡，孫大川和我兩個人剛好對這個時代的人和事向來特別有興趣，平常私底下偷讀了一堆這個時代的作品（在當時的台灣，聞一多、魯迅等左派文人的作品是被禁止的），兩個人於是央求她一起跟去。

我們跟著到了現場，聽她指著一些已經破敗的土房子，說起昔日童年成長的種種往事，聞一多就住左邊，朱自清住右邊，而沈從文又是在另一頭，朱光潛又是如何如何。她那時還是黃毛丫頭，就這樣從這一家鑽到那一家。

而她的父親就是三〇年代詩人馮至，在我心目中是白話詩運動以來最偉大的詩人。當年文藝營後，好不容易才從一位前輩處找到《十四行集》。充滿崇拜的心情，還用手抄的方式，一行一行抄完這二十七首詩。

那一天孫大川和我興奮極了。

然而，直到這個旅程的尾聲，我們才知道這一位樸實的婦人，也就是馮至的女兒馮姚平，竟然是當時中國的高教司司長，可能是這個活動中同一團中職位最高的官員，這讓我們兩個人太驚訝了。

這樣的中國，讓我們打從內心百分之百敬佩。

然而時光果真是十分迅速的，所有一切的變化還真是物換星移。如今昆明只有重建西南聯大紀念碑，但滇池汙染的狀況已經改善了不少。而當年同行的友人孫大川已經是台灣監察院副院長。而我還是一位精神科醫師，唯一不同的是現在只專攻心理治療罷了。

然而這一切，教人懷念呀。

二〇一五年七月剛好有機會到普洱開會，文化精神醫學的研討會。普洱沒有任何直飛的飛機可達，只能從昆明進出。原本是要在最後一天去拜訪西南聯大的舊址，可惜台北臨時有事，需提早一天從高雄回台灣。於是在昆明機場落地後，匆匆忙忙又離開。

回來以後，我自己在臉書寫了上述的故事，沒多久就接到大川的貼文：

「我保留了當時不少的照片。馮至的女兒是馮姚平沒錯，之後我還跟她有一些聯繫，可惜沒多久音訊也斷了。打聽過，但知道她的人不多。我因會唱不少四、五〇年代的老歌，和她很是投緣。記得那回重尋西南聯大遺跡，她說童年離開後便未曾回來過，一九四九之後的中國，記憶太多是一種風險。可以感受到當時她接近童年思慕之情的同時，又表現出來的自制和謹慎。浩威寫詩，是馮至迷，而我是聞一多迷，這段往事應該找機會寫下來，只不知姚平大姊是否安然無恙？

「馮大姊是留俄的，能唱多首豪邁、蒼涼的俄羅斯民謠。那回我還到北京，經馮大姊的幫忙，見到離鄉近四十年的大表哥和大表嫂北京的家人。記得大表哥穿著短褲涼鞋、拉著小表弟來旅館看我的情形。大表哥離家時我才四、五歲，他記得我、我對他沒印象。但從見面的第一刻起，他就貪婪地開始說皐南話、唱古調，眼眶含淚。他很開心我這個小弟居然也能說族語、唱老歌。我們都非常感激馮大姊的協助。」

後來張典婉也私訊給我馮大姊的聯絡方式，還附上馮大姊的一篇文章〈走近父輩——懷念父親馮至〉，其中寫了一段話：「後來，世事的變遷使得他除少量的文章和翻譯外，沒有能繼續他心愛的里爾克研究。但縱觀他的一生，里爾克對他在做人和作文兩方面的影響是深遠的，我們不難看出，他的風格變了。他觀察、體驗，懂得了寂寞同忍耐，嚴肅認眞地承擔自己的責任，從婉約的抒情變爲富於哲理的沉思。他不能容忍任何不認眞的作風。」

7

萊納・瑪利亞・里爾克於一八七五年出生於奧匈帝國時代的布拉格，一直待到青年時代。他早期的詩，像《生活與詩歌》（*Leben und Lieder*, 1894），公認是平庸之作，充滿華麗的文字而已。

一八九六年，他從布拉格大學轉到慕尼黑大學。這一來，他脫離了高度控制的父親；同時也遇到了對他一生極其重要的女性露・安德烈亞斯・莎樂美（Lou Andreas-Salomé）。

里爾克在慕尼黑的第二年遇到了聰慧異常且對文學有著過人見解的莎樂美後，不多久便深深的愛上了她。

莎樂美是一位傳奇人物，尼采曾經苦苦追求她，她卻選擇了尼采的詩人朋友保羅・瑞伊（Paul Rée），後來又以不要性愛爲前提的條件嫁給東方學家安德烈斯（Friedrich Carl Andreas）。她也曾追隨佛洛伊德學習精神分析，兩個人的情感也頗爲深厚。

當她十七歲還在俄羅斯時，父親爲她聘請荷蘭傳教士吉樂特（Hendrik Gillot）擔任家教，教她神學、哲學、世界史、德國文學和法國文學。沒多久，這位大她二十五歲的神職人員，瘋狂愛上她，甚至於要爲她拋棄一切。這段關係雖然沒有結果，吉樂特卻開啓了莎樂美的世界。

同樣的，遇到二十二歲的里爾克時，莎樂美不但是一個已婚的女人，還大他十四歲。像吉樂特當年帶領她走入世界一樣，她也帶領里爾克看到這世界的高度。兩人這樣曖昧的關係就如此保持了三年，其間還同遊俄羅斯，拜訪托爾斯泰、巴斯特納克（白銀時代詩人，《齊瓦哥醫生》獲得諾貝爾文學獎）。即便是兩人分手後，莎樂美依然是里爾克最為重要的良師益友。在里爾克困惑的時候經常予以幫助和提點。這情形是眾所皆知的。佛洛伊德在一九三七年悼念露・安德烈亞斯・莎樂美的文章就提到：「……在他（指里爾克）無助、困惑的時候，她變成了他貼心的知己、慈祥的母親。」

里爾克於是開始成長為詩人里爾克，他開始四處旅遊，包括到巴黎當羅丹的助手。在創作上，也開始有了像《日課書》（*Das Stunden-Buch*, 1899-1903）、《圖畫之書》（*Das Buch der Bilder*, 1902-1906）、《新詩集》（*Neue Gedichte*, 1907）《續新詩集》（*Der neuen Gedichte anderer Teil*, 1908）等這些早期的成熟作品。

他開始從生活中的任何一事一物，延伸思考，直到事物的核心和世界的哲理。馮至譯的這首詩，是這段時間的代表作之一。

〈豹〉——在巴黎植物園

它的目光被那走不完的鐵欄
纏得這般疲倦，什麼也不能收留。

它好像只有千條的鐵欄桿，
千條的鐵欄後便沒有宇宙。

強韌的腳步邁著柔軟的步容，
步容在這極小的圈中旋轉，
彷彿力之舞圍繞著一個中心，
在中心一個偉大的意志昏眩。

只有時眼簾無聲地撩起。——
於是有一幅圖像浸入，
通過四肢緊張的靜寂——
在心中化為烏有。（1903）

8

雖然看到了杜伊諾古堡，還是要經過一些小巷弄，才能抵達它十分明顯的入口。我們沿著這些巷弄，找到停車位，再回頭走回古堡。

已經是傍晚時分了，再半個小時就要停止售票。

這個古堡曾在一次大戰時遭到相當嚴重的破壞，戰後立刻就重建了。到了第二次世界大戰，這個城堡成爲軸心國軍隊抵禦英美飛機攻擊的堡壘。特別是墨索里尼政權失敗以後，納粹德國派了十萬名軍隊，支援他的傀儡政府，主要就是駐紮在這一帶。

古堡最頂層的陽台是可以登上的。從高處看去，整個亞德里亞海灣剛好就這樣繞了半圈。而整個陸塊，一直到斯洛維尼亞，地質上多屬石灰岩，也具有許多的天然洞穴，適合游擊隊的進出。二次大戰將結束時，南斯拉夫遊擊大軍的首領狄托（Josip Broz Tito）就是在這裡和義大利簽下和約。

這裡是歷史上的重要地點，阿爾卑斯山朱力亞段延伸下來的地區，義大利文稱爲威尼斯朱力亞（Venezia Giulia），英文則是朱力亞行地（Julian March）。

古堡主要樓層的最頂樓陳列著里爾克的生平，其他的樓層大部分是古樂器的展覽和少數兵器的陳列所。嚴格說起來，關於里爾克的資料，並沒有太用心的研究。

我嘗試找到里爾克居住的房間，他的小小窗口可以眺望海洋的房間，可惜都只能擅自揣測。也許是戰火破壞的緣故，這棟建築已跟當年不同，房間的結構自然也不一樣了。

一九一一年十二月十日，里爾克在巴黎收到一封邀請函，來自瑪麗公主，她來自一個相當顯赫的歐洲家族。她原是公主而後嫁給親王。這位忠實讀者是里爾克成名以後，幾個重要的贊助人之一，她盛情邀請詩人前往她從母親那裡繼承來的杜伊諾城堡（Schloss Duineser）作客。

在兩卷《新詩集》完成以後，里爾克的創作開始轉向了小說。他因爲莎樂美的關係，深深受到精神分析的影響，開始往自己內心深處去探索。在《布里格手記》裡，充滿了里爾克自己成長的許多痕跡。這一本小說對里爾克來說是意義重大的，除了在一九一〇年發表時受到廣大的矚目以外，也代表了他的創作又一個階段的結束。

在過去這十多年來，離開了布拉格的里爾克，匆匆來回在德意志、法蘭西、義大利、奧地利、俄羅斯等國家的不同地方。旅行帶給他新的衝擊，卻也漸漸耗掉了他的能量。特別是經歷了《布里格手記》充滿折騰的創作過程以後，里爾克覺得自己恍如做了一場自我的精神分析，彷彿整個人「殺菌消毒過了」。而創作以後的憂鬱，更讓他覺得自己再也寫不出作品，也許該重新習醫：學習精神分析，或至少參加精神分析研討會。

就在這樣的迷惘之下，瑪麗公主的邀約出現了，里爾克才得以獨自居住在杜伊諾城堡。因爲可以專心寫作，終於靈光閃現，出現了《杜伊諾哀歌》。

9

他對心裡所醞釀成熟的東西毫無預感……，一股強大的悲哀攫獲了他，他開始相信，這個冬天他又將一事無成。

有一天他剛剛起頭了一封信。他想盡快寫完。這封信他必須要交代一些數字以及其他枯燥的事情。室外颳著強勁的北風，可是陽光燦爛，大海碧藍，彷彿覆蓋著一層白雲。里爾克走下台階來到城堡的前炮台。這炮台沿著海岸而建，東西走向，通過一條狹道聯著城堡的下方。那裡的石頭很陡，大概有二百英尺深，直矗在海裡。里爾克陷入苦思，踱來踱去，他想著該如何回信。就在那時，突然，在沉思中，他站住了……因爲他覺得彷彿在風的呼嘯中，有一個聲音正朝他呼喊：「有誰，若是我呼喚，會從天使的行列中聽到我！……」

他站定傾聽。這是什麼？他呢喃著……什麼來了？他拿起總是隨身攜帶的筆記本，把這句話寫下來，另外還加了一些話。這些話不經他的思索自行成文：

誰來了？……他現在明白了：是神……

他平靜地回到房間，把筆記本放在一邊，又繼續寫那一封公函。

可是晚上，整首哀歌就都寫下來了。

這一段生動的紀錄，描述了里爾克《杜伊諾哀歌》（*Duineser Elegien*）最初動筆時的情形。寫下這段話的人，就是杜伊諾城堡的主人瑪麗公主。她的描述也許有幾分的戲劇化，但確實符合里爾克當時的困境，以及終於破繭而出的喜悅。里爾克一九一三年在西班牙的隆達所寫的一篇散文〈體驗〉（在他去世九年後的一九三五年才發表），也同時印證了這個過程。

那一天的杜伊諾古堡，我們大概是最後一批的訪客了。夏日的餘暉，十分迷人，我們有點不捨地離開了可以眺望那一片海的天台。走到城堡的地下室，有一條地道，標示上寫著「里爾克小徑」（the Rilke trail），可以通往隔壁村子西斯提亞那（Sistiana）。只是那時候擔心時間太晚了，不知道這一條路走過去要多久才能回來，只好放棄。

我們走出城堡，還有一些遊客在庭院裡四處走動。我索性繞著城堡走了一圈，才發現另外一條小路，通往長長的東西走向的石灰建築。當然，我不知道這是不是就是里爾克天啓經驗發生的所在地。只能暗自相信，在內心中揣測當時的情形。

在這裡，如果待下來過夜，就能在黑夜裡看到熠熠星光，大約一百年以前里爾克也曾經看過同樣的星光，或許因此才寫下了偉大的《杜伊諾哀歌》。

從那一個晚上起，在長達十年的歲月裡（一九一二至一九二二年），里爾克的生命就是《杜伊諾哀歌》的眞實寫照。

10

當初決定到杜伊諾過夜後，就開始在附近找旅館。白娘子（Albergo Alla Dama Bianca）餐廳就靠著杜伊諾港口的岸邊，附設著簡單的旅館。許多網站都給予很好的評分，可是卻沒辦法訂房。我自己打過一次電話，沒有人聽得懂英文。後來還是拜託倪安宇，透過她一而再地以義大利語溝通，才終於「確定」。

認識安宇是我第一次到威尼斯的時候，她還在威尼斯大學教中文，還沒開始翻譯卡爾維諾。他們夫妻當年是我們在威尼斯旅行的GPS，在這個水上城市沒有了他們，立刻就會在巷弄中迷失方向。

而所謂「確定」，也只是口頭上一句話的傳遞。在電話那一頭，遙遠的義大利東北方，有人告訴我們說：沒問題了。沒有任何 e-mail，任何訂單代號，也沒有任何隻字片語。

我們離開了杜伊諾古堡，沒兩分鐘的車程，就到了這個白娘子餐廳旅館。那是義大利的下午五時，離餐廳營業還很遙遠，櫃檯沒有人知道有訂房這件事。等了好一會兒，一位上了年紀的老太太出現，看到我們兩個亞洲面孔，雖然不會任何的英文，但立刻明白我們的目的。她拿出十分傳統的厚厚登記簿，是多年以前每一家旅館都會有的旅客登記簿。

「白娘子」這一名字，我們原本以爲是某一女性經營而取的。到了杜伊諾古堡，發現海岸西方有另一座破敗的城堡，才注意到它的名字是白娘子。根據這裡的介紹，這城堡雖然沒有詩歌，卻是有另外的一種創作：這裡經常傳出有人看到白衣幽靈的聽聞。只是，這樣的鬼魅氛圍，很快就被眼前的快樂氣息沖淡了。

夏日的海洋是全家出遊消暑的好去處，傍晚的杜伊諾港口有一片老老少少歡樂戲水的淺淺礫石海灘。我們住進了餐廳二樓的小房間，從露台就可以看到眼前的歡樂。我坐在外頭的金屬椅子上，吹著亞德理亞乾淨的海風，喝著啤酒，翻著里爾克的詩集。

這次出發之前，除了《布里格手記》，我也帶著《杜伊諾哀歌》，台灣商務印書館出版的，劉皓明十分盡心盡力的譯述。

我在出發以前，就開始慢慢閱讀。我從李魁賢先生翻譯的傳記開始讀起，也在網路找了馮至等人翻譯的里爾克作品。至於《杜伊諾哀歌》，只看完第一部分的傳記和第二部分關於哀歌的介紹。至於哀歌本文，一直都是停留在第一首。

我自己是希望在這裡靜待過夜的十來小時的時光，好好讀一次。

那一個晚上，我們就在這裡用餐。海鮮果眞十分鮮美，價格也十分合理（後來才發現，整個亞德里亞海岸，特別是過了斯洛維尼亞以後，都是鮮美而好價格的海鮮）。那一晚上，在白酒和月亮的陪伴下浪漫地渡過。

然而，第二天醒來，海上佈滿許多烏雲，襲來的風有些涼意。我們同樣坐在海岸邊，享用早餐。

這一站即將結束，我們就要離去了。我才終於在譯者劉皓明密密麻麻的註釋協助下，勉強讀完了第一首。

年輕時候雖然也號稱讀過里爾克的詩，現在回想起來都只是囫圇呑嚥。特別是《杜伊諾哀歌》，英文版的閱讀原本就是困難，更何況其中關於美和宗教的辯論，其實從來沒有一絲眞正的理解。當時只是，這是偉大的詩，某某人讀了，某某也讀了，我當然也應該好好讀。就這樣，似乎以爲自己也讀過了。

11

抵達杜伊諾城堡的里爾克已經三十七歲了。他不再是二十歲急著成名的浮誇年輕人，也不像三十歲開始想四處去認識包括托爾斯泰、羅丹等等在內的偉大心靈。那時的他，似乎才開始想要認識人類心靈的歷史，甚至進一步對話。

來到杜伊諾的里爾克，「在坐落於面海陡坡上的城堡花園裡，經歷了一件奇異的事」，「他感到如此安穩，感到如此徹底地平靜了，以致於不想閱讀，可是完全進入了大自然，逗留在一種幾乎已是感覺不到的觀照中了」（出自他的散文〈體驗〉）。

一九一二年一月二十一日，他經驗了這樣的神聖片刻（numinous），在幾天內開始動手寫下哀歌中的前兩首，還有其他幾首的部分。然而，這十首哀歌的創作，一直持續了十年，才在瑞士的穆佐城堡完成。

三十五歲那一年，里爾克在佛洛伊德精神分析影響下寫出了《布里格手記》後，一度以爲自己再也沒有任何創造力了。沒想到過了兩年，一種更接近榮格所討論的神祕經驗，讓他寫出了《杜伊諾哀歌》。於是，包括哀歌在內，還有《獻給奧爾弗斯的十四行詩》和，構成了他的晚年時期，也是他一生創作的最最高度，也是他終極的追求和思索：美也好，人神問題也好，開始成爲他魂縈夢繫的探索。

而這一切，在我的二十歲或三十歲，甚至四十歲，又豈能領悟？

里爾克研究的專家張松健表示：「將里爾克的作品中譯成中文最多數量的，……當推馮至與吳興華二人。由於里爾克晚年之最重要的作品《獻給奧爾弗斯的十四行詩》和《杜伊諾哀歌》，內容過於艱深晦澀，難以移譯，雖然包括馮至和吳興華在內的幾位學者直接閱讀過原文，但未見中文稿問世。……其實早在一九四三年，馮至就發現了這一點：『里爾克的詩，由於深邃的意念與獨特的風格，就是在他的本國也不是人人所能理解的，在中國，對於里爾克的接受更不是一件容易的事』；而才智過人的吳興華也在自己的論文中聲明：『我特意避免講到杜易諾哀歌（*Duineser Elegien*）與《獻給奧菲烏斯的十四行集》（*Die Sonnette an Orpheus*）兩部詩集。它們是里爾克晚年的作品，也毫無異議的是他一生最重要，最富於含義，恐怕也是最好的作品。但片斷的描述大概對讀者毫無用處，而稍微仔細一點就需有一本專書』。」

這樣的障礙，反而是在台灣的李魁賢先生首先突破了。根據李魁賢的自注，他是依據富士川英郎日譯本和麥金塔爾英譯本譯，而譯成了《杜英諾悲歌》（即《杜伊諾哀歌》）。這本詩集，還有《給奧費斯的十四行詩》，李魁賢都譯成中文，一九六九年三月同時由台北田園出版社出版。

而大陸，則是在一九九六年由臧棣所編，中國文學出版社出版的《里爾克詩選》當中，收了朦朧派詩人張曙光翻譯的《獻給奧爾夫斯的十四行詩》和李魁賢翻譯的《杜英諾悲歌》，這兩首詩才終於出現中文版本。

現代詩的追求，從形式的古典主義、情感的抒情主義、到精神的浪漫主義，幾乎在中文的世界裡也可以同樣看到。然而，進入到了神學和美學的哲學探討以後，在中文的現代詩裡似乎就不是那麼容易看到了。台灣的楊牧，也許算得上半個吧。如果詩人是這個時代最敏銳的觸感，那麼在中文世界裡，人們的追求似乎還少了很重要的一塊。

而里爾克，走在許多人的前面。

一九二六年，才五十一歲的詩人因爲白血病去世於瑞士。在他的墓碑上，鐫刻著詩人爲自己所寫的墓誌銘：

「玫瑰，哦純粹的對立。願
在這些眼瞼下，不是任何人的
睡眠。」

12

我們離開了杜伊諾，開始進入斯洛維尼亞。這個從南斯拉夫解體出來的國家，是巴爾幹半島上最純粹的歐洲。我們先朝北，往朱利亞的阿爾卑斯山，再逐漸南下，隨著每天不同的氣候，選擇當天拜訪的景點。

我在臉書上這樣寫著：「這段旅程終於快要暫時告一段落，我們的車子開進了的里雅斯特（Trieste）這個亞德里亞海北端的大城。這裡曾經是奧匈帝國的重鎮，義大利文化、斯拉夫文化和土耳其文化的交集地，許多許多文人和英雄豪傑流連的地方。我們將車子開進了城，明天一早就是第三屆歐洲分析心理學的大會。

「我們根據網路上的資料，找了一家在飯店附近的餐廳。坐下來，仔細聽隔壁坐著聊天，立刻就知道是五個榮格分析師，果眞也是來開明天的會議的。旅程眞的就暫時結束了。」

開了五天的會議以後，我們才終於到威尼斯開始漫遊。

我想起了馮至在他《十四行集》中的第五首，也是題名爲〈威尼斯〉：

我永遠不會忘記
西方的那座水城，
它是個人世的象徵，
千百個寂寞的集體。

一個寂寞是一座島，
一座座都結成朋友。

當你向我拉一拉手，
便像一座水上的橋；
當你向我笑一笑，
便像是對面島上
忽然開了一扇樓窗。
只擔心夜深靜悄，
樓上的窗兒關閉，
橋上也斷了人跡。

在這個時代，樓上的窗兒也許一度關閉，橋上也一度斷了人跡，但終究這次暫時。人們還是會繼續向前走的，走向那遠處的召喚。

聲音，聲音。聽啊，我的心，就像只有聖徒曾聽過的那樣：聽到那巨大的呼聲將她們

從地上舉起；她們卻依舊跪求著，
無以為力，並且對它不理會：
就是這樣他們聆聽著。……（《杜伊諾哀歌》第一首）2

〖附註〗

1 生卒年爲一八七五至一九二六。

2 本文許多的資料，參考自張松建〈里爾克在中國：傳播與影響初探，一九一七―一九四九〉一文，和劉皓明所譯的《杜伊諾哀歌》一書。

走進過渡的空間

PART II

不存在的旅行

1

端午節的連續假期，久久以前就計劃回到東海岸走一趟。

我們在花蓮借了朋友的車，沿著十一號公路美麗的海岸往台東走。這輛車的冷媒剛好瀕臨陣亡，幾乎沒有冷卻的效果。第一天的行程還好，還有一點點前一年殘餘的冷氣，加上天空忽然的一塊厚甸雲層，偶爾陽光、偶爾微雨、偶爾滂沱的天氣，也讓我們快快樂樂地到達了原訂的都蘭民宿，一間堅持綠色環保而不用空調的民宿。

今年的天氣特別不尋常，暴暑提早襲擊了台灣這塊島嶼，六月初的氣溫彷如盛夏，才端午就已經攝氏三十五度了。

第二天的陽光，實在太漂亮了，幾乎睜不開眼睛。以前到花東來，最期盼的就是這種陽光。只是，當氣溫飆高而汽車有沒空調時，所有美好的效果都熔化了。因爲陽光的緣故，照片隨便拍都美麗極了。然而，熱得快中暑的臨場感，再怎麼樣努力，也都拍不出來。

因著這樣的狼狽，只好鑽進一家優雅的咖啡店。兩位原本十分親切的男主人，面對著如潮水一般湧來的觀光客，今天也都講不出太多的問候話語。

我們窩在空調充足的空間裡，唯一的娛樂就是將拍來的照片貼上臉書和微信。沒一會兒，開始湧入許多的讚，不論是台灣還是大陸朋友都有，還有很多羨慕的留言：「好棒喔，我們上次去花蓮都沒有這麼美麗！」「台灣眞是個美麗的寶島啊，下次一定來自由行。」

不管我們多麼淒慘，當大家都認爲這一段旅程是美麗而浪漫的時候，似乎也很難開口向大家澄清了。

2

旅行原本就是充滿許多想像和虛構的過程。尤其在網路時代，旅行更容易迅速引來眾多想像力的投射。

一九九八或九九年，不記得了，同樣是夏天，剛好一群人要到希臘自助旅行。那一年台灣的網站正要如火如荼地開展，許多創投資金都積極地支持各種入口網站。我記得是一個隸屬於宏碁集團的小公司（現在已經收掉了）贊助了部分旅費，希望我能夠隨著旅行的進展，每天現場報導。

然而，那次旅行也是一場災難。

首先，那個時代的頻寬還是十分不可思議的沒效率，居然沒辦法承受越洋的需求，傳一張照片幾乎要花上半個小時。

緊接著我們發現愛琴海每一個小島的每一間網咖，電腦裡都沒下載中文的軟體，而鍵盤上的文字也沒有基本的英文字母，更別說任何中文輸入符號了。我們像瞎子一樣，在黑暗的數位之海中摸索前進，每個晚上總是要花了三、四個小時才傳出一篇稿子。

更慘的是，那一年的地中海沿岸，熱得不可思議。許多小島樹林全數乾枯，往往自動起火釀成火災。

旅程開始沒多久，我們到了羅德島，租了兩輛吉普車開始環島。沒想到，第一天駕駛另一輛車的朋友就中暑了，暈沉沉地讓整台車跑進橄欖樹林裡，底盤還斷成兩節。雖然沒有人嚴重傷害，還是擔心是否有些沒注意到的內外傷，便叫了救護車。

救護車駛得特快，將受傷的夥伴載到醫院急診。其中一位朋友被懷疑腦震盪，需要住院觀察，他就在這島唯一的醫院住下來了。第二天，醫生說沒有問題了，但這位夥伴卻不能出院，因爲整個醫院還在罷工，沒有人能夠辦理出院手續。

就這樣，我們連續好幾天在羅德島海灘發呆曬太陽，也終於將希臘網路咖啡店的遊戲規則搞清楚了。只是地球另外一端的台灣讀者，除了看到照片中的藍天白雲，和沙灘上悠悠哉哉的裸男裸女，大概沒有人知道，眞實的我們發生了什麼事。

我躺在沙灘的涼椅上想著，出發前十分羨慕的那些死黨，大概以爲我們在羅德島找到了超級天堂，從此就賴著不走了。

3

旅行變成一種幻覺，其實是早在網路誕生以前就存在的事。

馬可波羅兄弟兩人，西元一二六六年到達元朝大都。在朝見元世祖忽必烈時，他們所描述的旅程，忽必烈所沒看過的歐洲和中亞，恐怕都是兩人選擇性的呈現吧。同樣的，當二十九年後波羅一家人回到歐洲，他們向牢友、親友或官員所吹噓的旅程，也都充滿了誤解、限制、和隨興吧。

《馬可波羅遊記》的眞僞，一直到現在七、八百年了，各路的學者還是在不斷的爭議和辯論。然而關於旅遊的敘述，原本就從來沒有眞實的可能。即便到了今天，有更多的影像來輔助，旅人永遠只是將他想要別人看到的和聽到的，加以呈現出來而已。或者說，旅行中的人，只是將自己的心情投射出來，投射到他面前的大山和大海，讓天地都成爲了他的世界。在這一刻，旅人彷彿就是《創世紀》的上帝。而，一個人成爲造物主，原本就是深藏在每一個人潛意識深處的自戀情結，希望有一天能夠再回到出生那一刻。

人在誕生的那一刻，還不知道有外面這個世界的存在以前，都曾經有過這樣的錯覺，以爲自己就是世界，世界就是自己。面對一個嬰兒，大人們只是驚慌失措不知自己的照顧是否正確；然而，不知道外面有另外一個世界的嬰兒，卻眞實地享受著這種心想事成、無所不有的全能。

就這樣，這種無所不能的欲望一直驅使著我們，影響著我們生活中的每一個舉動和每一種活動，包括旅行這事也不例外。

4

多年以前，在台大醫院的門診，我遇到一位印象深刻的個案。

一位精力旺盛的七十多歲老先生，擔心自己可能會得憂鬱症而提前來掛號。

他原本是工作狂，中小企業的老闆，六十歲那一年就逼自己無論如何都要退休。

他也果眞做到了。

他說，家裡有一面牆，專門陳列旅行各國的戰利品。他不是買什麼大型收藏品，只是買一支小小的國旗，還有一、兩件有當地字樣或圖樣的紀念品。從六十歲退休的那一年，他開始一個國家、一個國家地去收集。有些國家，拿台灣的護照是進不去的，他因此去辦了某國的護照。有些國家根本找不到小國旗，他一回來就到西門町找專門店幫他做一個。至於有些國家根本是鳥不生蛋，從來沒有觀光客也就沒有什麼紀念品，他就撿一塊石頭權充是專有的紀念品。

有好幾次，他要去的國家只是小小的島嶼。航空公司的飛機只能航行到附近另一國家的大島，再下一步根本查不到足夠的資料。他還是很勇敢地去了。他先飛到那個大島，在大島上詢問要如何去他想去的那一個小小島嶼。有好幾次，他都是包直升機過去，撿一塊石頭，立刻又飛回去。

我問他說：「你還眞勇敢，這樣的地方你也敢去。」這位前輩笑著說：「當年創業，還不是就這樣一個人闖進當時還在戰爭的北越、闖進還是赤棉時代的柬埔寨。」

他還說，剛剛開創公司的時候，找不到任何訂單，幾乎就要破產了。他買了一張單程的機票回到阿拉伯地區的某個城市，在每一幢辦公大樓的每一間辦公室直接敲門，用破碎的英文推銷自己的產品。他沒有去過這一個城市，他也不認識這城市的任何人，他更不知道是否能拿到任何一筆訂單，不曉得有沒有辦法賺到錢買回程的機票。

就像所有偉大的旅行家一樣，我相信他的故事存在許多的誇大，但也有幾分的眞實。

我問他：爲什麼會擔心自己將會得憂鬱症？

他說，就剩下一個國家還沒去。他一直拖著。因爲他擔心去了以後，地球上的所有國家都收集光了，不曉得自己還可以找到什麼樣的人生目標？

5

透過旅行來占領世界，原本就是人們很平常的潛意識表現。

在任何時代，任何一個國家的經濟一旦開始興盛，她的國民就開始透過四處旅行來征服全世界。

這些年來，中國的經濟富裕了，世界各地湧現的中國遊客，成爲國際媒體上容易被嘲笑的對象。更早二十年前，還是「日本第一」的時代，日本遊客到那裡就要拚命拍照片的旅遊習慣，同樣經常出現在西方的嘲諷漫畫裡。同樣的情形，其實也曾經出現在西方這些所謂的文明國家裡。

工業革命讓英國發達了，十九世紀以後旅行就開始成爲英國國民的嗜好。

第一個想到用火車來辦旅行團的托馬斯・庫克（Thomas Cook），就是當代旅行團的發明人。直到現在，我們坐飛機到達另一國家出關時，都還可以看到以他的名字命名的匯兌公司窗口。

那時候的英國人喜歡到當時尚未開發的瑞士旅行，消費既便宜，又有英國所無的雄峻高山和雪場。這也就是爲什麼當年以福爾摩斯爲主角的小說太受歡迎，作者柯南・道爾不堪其擾，對這一切感到厭煩時，他決定讓這個故事落幕，於是安排福爾摩斯與邪惡博士莫里亞蒂決鬥後，雙雙落入瑞士的萊辛巴赫瀑布（The Reichenbach Fall）。

萊辛巴赫瀑布，就在離少女峰門戶之一因特拉根（Interlaken）不遠的小城邁林根（Meiringen）附近。

一九九六年冬天，我一個人到瑞士旅行，因爲要到少女峰而在因特拉根停留。沒想到那一天風雪挺大的，登山火車上除了一團吱吱喳喳吵個不停的韓國女孩之外，就只有我一個人。峰頂雪茫茫的一片什麼也看不到，我點了兩杯烈酒，驅驅寒，就下山回到小城的旅館。

然而冬天的旅館太無聊了，我依循寂寞行星（Lonely Planet）旅遊書的建議，搭火車到附近的邁林根，專程去看結成冰條的萊辛巴赫瀑布。離開小鎮的火車站以後，風雪中的道路上就只有我一個人。更可恨的是，那瀑布看起來一點也不驚險，讓我從小心目中就存在的偉大形象，狠狠地打了折扣。

或許只有不曾看過高山的英國人，才會將故事的高潮放在這樣小小的一個瀑布上；又或許柯南・道爾在當時已經暗暗計劃好日後的市場炒作，挑一個高度不高的瀑布，才能解釋爲什麼後來福爾摩斯可以死而復生。

回到鎮上，在火車還沒來的空檔，在咖啡店裡點杯咖啡，吃吃據說是這裡發明的 meringue，中文譯爲蛋白糖霜脆餅或馬林糖的一種甜品。在台灣，不知道爲什麼，一般都還會在這個明明是源自瑞士的甜品上加上「法式」兩個字。

鎮上還有一個柯南・道爾博物館，因爲當年的英國國教教堂不再有基本數量的信徒了，所以改成了博物館。然而，從此可以想見當年英國遊客是如何擠爆了這個小鎮，居然還爲他們設了一個專用的教堂。

以前英國人占領了世界，現在中國人來了。

偉大的中國人。除了中國餐廳以外，是不是也應該建一間道教或佛教的廟宇？

6

我其實是沒有資格嘲笑別人的。當年，我就曾經這樣出發，宣稱要去環遊世界。我買了一張環球機票（round the world ticket），也果眞八十二天後回來了。

就像從小看的小說《環遊世界八十天》，法國作家朱爾‧凡爾納（Jules Verne）一八七三年出版的經典冒險小說，我們那個時代每一個少年都會看的故事。

我當然不是英國紳士福克，這位工業革命時代的唐吉軻德，是一位非常富有的士紳，可以在俱樂部以兩萬英鎊與人打賭八十天能夠環遊世界一周的傢伙。我也不是他的僕人路路，那個屬於成龍才能扮演的角色。當時，我只是一個即將邁入中年的失業傢伙，在轉換職業跑道的過渡階段，偷偷去完成從小就懷抱的一個夢想。

這一個環遊世界的故事，我已經講了上百遍，幾乎都要變成孟瓊仁男爵了。孟瓊仁（Munchausen）這個傢伙，是十八世紀德國的男爵，他在參加了土耳其與俄羅斯的戰爭之後，回到家鄉，一輩子不斷地述說自己的故事，而且每次都有新的情節繼續發展。許多小說家用他作爲原型，寫出不同的虛構故事；精神醫學也借用他的名字，將那些永遠眞眞假假的述說者，稱呼爲孟瓊仁症候群。

我只是這一刻的地球上，許多來來去去的遊客之一。我總是去旅行，總是要去看沒看過的事物眞相，然後再讓自己困在自己的文字和影像所虛構出來的世界中。

我出發了嗎？

或許應該說，我在自己的臉書和微信中，宣稱自己是出發了。

療癒的旅程

1

我一直想去日本四國地方的八十八間寺，從面對鳴門海峽的靈山寺起，聽著遠處瀨戶內海和太平洋兩邊的神祕力量所撞擊出來的漩渦聲音，開始步行。這是一條典型的朝聖之路，我嚮往許久，特別是在看了一齣日本單元劇《迷路的大人》以後。

有些時候，旅行只是要走在路上，靜靜地一個人。也許前後也有許多人朝著同樣的方向，但這些人都跟自己原來的身分完全沒關係了。在這樣的行走過程中，長年在都市生活裡忙碌的靈魂，離開所有的人際關係，只有和風、森林、大自然裡的各種聲音，還有自己各種投射的情緒，單獨的相處。這時，疲憊的靈魂也許可以恢復一些元氣吧。

四國的八十八寺，或者稱爲四國八十八箇所，是日本平安時代修行僧弘法大師（空海）的足跡，後來逐漸形成「四國遍路」的原型。到了江戶時代，「四國遍路」的概念成立，巡禮者也不再只限於僧侶。這八十八間寺廟，分別位於四個縣內，因此按照地理位置被分爲四個「道場」。於是，阿波國之靈場（德島縣）被稱爲「發心之道場」、土佐國之靈場（高知縣）是「修行之道場」、伊予國之靈場（愛媛縣）是「菩提之道場」、讚岐國之靈場（香川縣）是「涅槃之道場」，這條巡禮之途也就成爲心靈的療癒旅程。

2

其實更早以前，我想走的是西班牙的聖地牙哥之路（El Camino de Santiago）。很早以前，我讀到了《聖雅各之路》（*The Camino : A Journey of the Spirit*），莎莉・麥克琳（Shirley MacLaine）寫的。

莎莉・麥克琳，這位曾經在六〇年代紅極一時，主演《公寓春光》、《花街神女》等片；到了八〇年代，再創高峰，有了傑作《親密關係》和《琴韻動我心》。她同時也是好萊塢最迷人的男人華倫・比提的姊姊。只是這些大家都忘了。

莎莉・麥克琳，有點像是台灣的胡因夢，從璀璨的螢幕走下來，從此投入身心靈的工作。而這本書，就是她在這一方面的思索。

聖雅各之路或聖地牙哥朝聖之路，是前往天主教的聖地之一——西班牙北部城市聖地牙哥康波斯特拉（Santiago de Compostela）的朝聖之路。主要指從法國各地經由庇里牛斯山通往西班牙北部的道路，如今成爲聯合國教科文組織所登錄的世界遺產。聖地牙哥康波斯特拉是有聖雅各（西班牙語稱爲「聖地牙哥」〔Santiago〕）遺骸的所在地，因此和羅馬、耶路撒冷並稱天主教三大朝聖地。

然而，重要的當然不是莎莉・麥克琳和聖雅各的遺骸。重要的是，當許多人都保持寧靜的心情往前走時，你自然會沉浸在其中，開始感受到平常無法感受的一切。

就像《牧羊少年奇幻之旅》（也是走在聖地牙哥朝聖之路的故事）所說的，「風會改變沙丘，但沙漠永遠不變；風會激起滔天的浪花，但海洋卻永遠存在，也許痛苦、悲情會扭曲刺痛我們的心魂，但我深信愛的本質是不變的，永遠保有一顆溫馨有愛的心靈。」

3

經常，我們出去旅遊。也許是學校的畢業旅行，也許是一群好朋友的共同冒險，也或許是隨意參加的旅行社團體。這樣的旅程可能是走到東非的薩伐旅，可能到北極看極光和南極看冰山，也可能是到最優美的奧匈帝國古城。只是，我們坐在車子裡，好像到了一個完全陌生的地方，但又好像從來沒有離開過。四周的語言或者話題好像還停留在平常生活的空間裡，跟旅行的過程都沒有關係。

我們從來沒有離開過，或者說，離開自己的世界是一件不是那麼容易的事情。參加畢業旅行也好，參加旅行團也好，我們似乎迅速地移動著，卻還是在同一場派對裡，只不過舊有的生活，換了一個不同的背景罷了。

我們也許也會參加一些新的嘗試，像是救國團的活動、登山、小小的冒險犯難。在這過程，雖然有了一些新的經驗，但就像遊樂園裡的雲霄飛車，因爲我們確定它是安全的，才敢參與這樣的僞裝冒險。

有時我們也會有改變身分的機會，譬如坐上豪華的郵輪，穿上最正式的衣服，在殷勤的服侍之下，假裝自己是十八世紀的貴族。或者是到Club Med，以爲自己就生活在迪士尼一般的樂園裡。

我們在旅行當中，也許獲得了歡樂，也許有更多的見聞，但這像是在平常的平淡生活裡，添加了像煙火一般的璀璨，終究還是消失了。而自己，自己可曾因此而看到遙遠的生命深處，許多的呼喚？

究竟要怎麼樣，在旅行的過程中，我們才能眞正遇見眞實的自己？

4

我自己也曾經走上自己的療癒之路。

一九九五年，在一整年的混亂和壓力之後，我終於踏上了自己的路程。

飛機先抵達了希臘的首都雅典機場，我直接搭上巴士到外港比雷埃夫斯。我上了船，開始在愛琴海的諸多小島上進行跳島之旅。一開始，這趟旅程還有兩個朋友同行。我們去了海邊風車的米克諾斯島、離天堂最近的聖多里尼島，兩個朋友假期結束了，拋下我一個人，繼續未完成的旅程。

深夜裡，我搭的船到了克里特島的伊拉克立翁港，開始羨慕一個人的孤獨。朋友們走開了，我昔日的世界從來沒有離我這麼遙遠過。

我慢慢地走著，換不同的巴士，來到西邊的哈尼亞港。那是一個許多年輕藝術家聚聚的港口，我不想有太多的購物，大多的時候只是在路旁的咖啡座，喝有褐色渣渣的希臘咖啡。沒有人來爲我算命，也沒有人會來主動與我搭訕。在這個地中海的遙遠港口，我只是一個獨行的亞洲男子。

在幾天的低潮以後，就在搭船前往塞瑟島（基瑟拉島）的前一天，同樣坐在港口邊的咖啡座。我看著如此湛藍的海洋，忽然，發現自己好久都沒有想到台灣了，更沒有想起任何有關過去一年來讓我紛紛嚷嚷著許多煩惱。

我知道，我已經離開了。

就在那一刻開始，我了解了旅行，了解了旅行其中蘊藏的心靈療癒力量。

斯德哥爾摩，陰雨

扛著行李，還有一把深藍色的自動摺傘，在斯德哥爾摩機場隨意找一個角落，只盼望能舒服坐著，並且瞧見登機消息的告示牌。

我是來早了。一大早從旅館醒來，整理好行李，發覺又是教人沉悶的下雨天，索性直接搭機場巴士到二、三十哩外的國際機場。原本是傍晚的英航直飛倫敦的安排，幸虧，如自己預料的，既然目的地是英航的大本營倫敦，每天就不該只有一班飛機，果真就順利改成了中午的班機了。

一個人旅行永遠有很多缺點，譬如昂貴的旅館和不得不的包車，還有，像莫斯科這類讓人內心惶恐的街頭；當然，偶爾也有一些優點，包括容易在擁擠的飛機中塞進一張座位。

還有三個半鐘頭，下午一點三十五分飛往倫敦的班機還沒宣布由哪一個閘門登機。身邊的行李很清楚地以沉重的重量告知，我這個疲倦的旅人已經奔波二十來天。即使托運的大背包已經以行家才知道的最高重量三十公斤丟出去了，還是有一個沒法輕便走動的隨身行李，以致於連逛逛免稅店，買買丹麥鼻煙或瑞典乳酪的勁兒都沒了。

疲倦，多麼沉重的字眼。

我瞪著告示牌，列出來的航程又多了一個地名，Santorini。好熟悉的名字，幾乎可以確定是自己曾經去過的一個地名，但地名背後所有相關的意義卻是一大片的空白。我闔上眼，拚命在腦海裡搜尋，像一個對自己的失憶有所自覺的個案，同樣的焦急和慌亂，最後還是在不可避免的沮喪中放棄了這一切的努力。

我眞的去過那個地方嗎？這地名太順口了，音韻留下的記憶確實是存在的，包括重音很自然地就放在第三音節。但是我終究還是放棄，眞的是累了。

這一趟北歐旅程，終於在斯德哥爾摩（Stockholm）結束。七、八天前，從奧斯陸（Oslo）搭火車過來時，自己還是遊興十足，滿腦子計劃再繞去烏普薩拉（Uppsala）或哥特堡（Göteborg）走走。抵達的第二天傍晚，四年一度的世界兒童青少年精神醫學大會開幕，這股興致卻是一天一天消磨掉了。性虐待、難民營兒童、青少年酗酒、自閉症、兒童憂鬱症、學習障礙……，所有的題目都包涵在這次大會的討論中，可惜，就是沒有討論旅遊心理學或是自助旅行疲倦症之類的。

深藍色的摺傘是大會送的，有點粗糙，一點都沒將瑞典聞名世界的工學設計能力稍加發揮。當然，中國文化裡是不送傘的。「難道要叫我們立刻回家嗎？」在開幕當天遇見另一位台灣來的專業友人開玩笑說著。然而，這禮物雖然不是叫我們傘（散）了，卻也是另一項惡兆：斯德哥爾摩的八月天竟然是綿雨不斷。

疲倦的病毒可能就是夾在雨絲中，急急飛落吧。

我撐著傘走在古城的巷街裡，開始覺得空間變得侷促。失去陽光的城市，除了沒有藍天，連河流和海洋都變得沉重，所有的建築似乎不再發出迷人的亮光。任何可以坐下來休息的乾爽位置，不再像晴天一般的隨意可得，草地、碼頭或街道的小牆全溼搭搭的，除非是花一些銀幣買個冰淇淋或啤酒才能輕鬆坐下。

我開始抱怨。抱怨這城市的擁擠，抱怨物價的昂貴，抱怨瑞典人禮貌下的傲慢，抱怨博物館的貧乏。尤其，在盛大宣傳的水節終於到臨時，所有的疲倦和不悅卻都簇擁而上。這個讓我存最後一絲期待的水節，在捨棄了哥特堡等地以後，竟然只是一個到處賣吃喝玩意的大型園遊會罷了。

離開對於疲倦似乎成爲最佳的治療方法。

旅行不一定全是美好的，我坐在機場安慰著自己，並且回想記憶中好幾次同樣的不愉快經驗，包括一次在維也納生病和一次在阿根廷布宜諾斯艾利斯（Buenos Aires）的困阨處境。也許是因爲這般緣故，即使是多年以後，有人問起這幾個地方，我還是不免給予極低的評價。

想再去布宜諾斯艾利斯嗎？不了！想到阿根廷航空的機艙那一股連續十個小時的悶熱，所有不愉快的經驗就隨著體覺和嗅覺的記憶一整廂地喧嘩滿地。

也許，一切都太主觀了。我坐在斯德哥爾摩機場，提醒自己千萬不要太主觀地判定這城市。畢竟，不也曾參觀史特林堡博物館、凱若林斯卡醫學中心，以及在歌劇院中欣賞一場非常傑出的唐喬凡尼嗎？

我買了一罐健怡可樂，拿出瑞典英譯詩集翻著。

八月降臨，而森林逐漸
黝黯：彷若一場傾盆大雨。

雷聲從遠方穿過。
像船上舷窗閃亮的巨大汽輪
穿過一整個季節。

有些事物轉身背對。

一幕景，鄉間裡古老的
課堂。一群聽眾。
他們自椅子上站起：從門口
出發。

梭德布隆（S. Söderblom）[1]的作品，一位傑出的瑞典詩人。我忽然想到了岸邊的那些汽輪，曾經在港口看見它們歇著，也曾經在斯堪森公園（Skansen）裡看見在海口輕輕滑過。我心中的意象開始變得舒服極了，即使是沒有陽光的黝黯海灣也充滿了一種寧靜的美。甚至，我開始想起瑞典導演柏格曼（Ingmar Bergman）的作品，〈野草莓〉或〈秋光奏鳴曲〉，同樣寧靜的矛盾和豐富。

難道斯德哥爾摩真的如此不堪？

我坐在機場等候前往倫敦的班機，關於瑞典的一切航程，就要在這個最後的閱讀中結束了。我將起身，走入閘門，告別這一個水上之都。我開始猶豫，自己看到的是斯德哥爾摩，還是看到自己的疲倦？

忽然之間，一個全然不相干的意念浮現：Santorini（聖托里尼），一直想不起來的這個地名，原來就是希臘愛琴海那個美麗的小島，那個高傲的自稱「你再也找不到離天堂更近的地方」的那個島嶼。

從斯德哥爾摩到聖托里尼，在北歐和南歐之間原來有一條航線將兩個截然不同風情的地點連接在一起了。「難怪想不起來！」但腦海忽然又浮出另一個念頭：「爲甚麼一定要想起來呢？」

爲甚麼一定要是藍天碧海？爲甚麼一定要充實？爲甚麼不可以在旅途中疲倦？我開始找到自己嫌惡心情的來源了。

英航的飛機沿著斯堪那維亞半島的南岸飛行，天氣晴朗，陽光降落在衆多的湖泊和海灣上。這一次，剛巧沒有雲層，也沒有雨。

附註

1 西元一九四四年出生。

飛行紀事

飛行是煩人的，特別是旅行的歸程。

中年的背脊在十來天的旅途裡，輾轉徘徊在不同的旅店，每一個晚上總要讓陌生的床褥加上微微的失眠蹂躪一番，脊柱和脊柱之間的每一關節已經開始鈍了，銹了。

坐躺在經濟艙的椅墊上，稍稍放鬆微躺，我就可以聽見背後傳來了厚重的褐鏽紛紛斑駁掉落的聲音，伴隨比爾・艾文斯（Bill Evans）五千哩上空的爵士樂聲，全部蒸發在失重的外太空。就算坐的是商務艙，那些爲了襯托出頭等艙的高貴而逐年品質下降的空間。唯一可以最放鬆的姿勢還是讓我開始體驗到這數十年後的肉體，是如何摧枯拉朽而灰飛湮滅的。

失眠的意識稍稍換個姿勢，側著身子朝向僞裝成黑夜的掩窗。在黑暗中，不顧空中小姐可能的反對，偷偷拉開一條縫隙。小小的窗外只有遙遠的片片雲塊，沒有雲朵的完整形狀，失重力地漂浮在彷如停止飛行的飛機四周。

失去重力的，不只是沒有面貌的雲朵，還有不聽使喚地逐漸佔領雙腿的麻痺感，還有微微的腿痛，還有，因爲改變中的空氣壓力而沙漏一般慢慢釀成災難的自來水筆。

這樣的自來水筆，就像烏龜、小丑魚，或懼高的人種一樣，是不適合飛行的。至少，不適合在飛機爬高的過程中使用。機艙內的氣壓逐漸下降，筆管內的空氣逐漸膨脹，自來水筆果眞變成噴泉筆（fountain pen）了。

不過，總是慶幸的，這次搭的是東亞或是東南亞的飛機。空氣清新，冷氣適宜，一條薄薄的毛毯剛好可以保暖，也保住大部分旅客睡覺時永遠需要一些重量蓋在身上的習慣。

東亞或東南亞的飛機，還有後來居上的阿拉伯飛機，最特別了。它們總是僞裝成高級西餐廳和五星級旅館的調調。刀、叉、湯匙；酒杯、水杯、咖啡杯；前菜、沙拉、主食、甜點；鞠躬、問好、隨喚隨到的服務。一切的禮數，比西方還更西方。

可惜，這樣的飛機並沒有遍布全球。

這次的旅行可能是煩人的，偶爾有一些小小的災難，包括連預備的安眠藥都幫不上忙的失眠。煩惱似乎多到抱怨不完，但，至少，這次的飛行還不至於成爲日後惡夢的材料。

我最最惡夢的經驗是從洛杉磯出發的，飛向城市名意思爲「美好的空氣」的布宜諾斯艾利斯的阿根廷航空。那一年，王家衛還沒拍《春光乍現》，沒有太多的美好幻想可以讓我遭受美夢幻滅的凌辱。那時也還沒有前面說的那種美好的飛機，來自亞洲的模倣文明——雖然，到現在爲止也還沒有。

來自阿根廷的空中巴士一點也不是波赫士（Jorge Luis Borges）的迷宮。迷宮也許讓你恐慌，但，至少可以奔跑。飛機是一種神奇的恐怖遊戲，最大的恐懼就是坐以待斃。

我坐在自己的小小座位，眞的小小的，開始懷疑是否每一位阿根廷傲慢的白人都有伸縮自如的軟骨功夫；我開始感覺空氣稀薄，以爲「美好的空氣」原本就應該讓人窒息的；我的額頭因爲逐漸升高的溫度開始滴汗，原來飛往布宜諾斯艾利斯的航機是先飛向熾熱的太陽作爲中繼站。

幸虧這時聽到不同的語言，西班牙語、英語、葡萄牙語、德語、法語，最後，華語也從我喉嚨喊出來了。來自世界各地的聲音，或者哀求，或者怒斥，對空服員紛紛表示不滿，關於這座艙不流動的空氣。可是，阿根廷航空的空服員雖然年輕，也算貌美，卻依然悠悠哉哉地，彷如聽不懂任何語言一般，老僧入定地坐在自己的位子上。

多日以後，一位阿根廷初識的朋友向我解釋阿根廷航空擁有國家獨占的經營優勢。我才想起十多年以前，華航還是台灣唯一的國際航空時，當年的台灣空服員不也如此。

這樣的旅行可以有很多功課的學習。不只是惡夢，也不只更了解那些每次飛行就恐慌發作以致不敢旅行的朋友們。更重要的，有一個媲美麥哲倫船長的發現：原來，從洛杉磯到布宜諾斯艾利斯和從台北飛到洛杉磯一樣是十三個小時，但這十三個小時可難熬多了；也因此可以推論，地球的南北距離是不輸東西距離的，進而證明，地球，不像世界地圖那種東西向推得長長的橢圓，地球，眞的是圓的。

飛翔在台十一線的天空

朋友S決定回紐約，又一次地遭到愛情的背叛以後。

她說起三年前留學時，一個人定居的區域，附近的小店和熟悉的老闆，一大堆我不知曉的街道和巷弄。「你瞧！」她指著電腦螢幕上的電子廣告：「這麼便宜的機票！到紐約才一萬六千元，再加六千五百元就可以坐商務艙呢！」

回去，她是這麼說著，好像在那裡才待了一年，當初只是上上語文學校的紐約，已經成了千眞萬確的故鄉。

她繼續數落著正在以進行式的方式成爲過去式的男友「居然沒去過紐約」，上次邀他去還猶豫半天，以爲紐約牛鬼蛇神滿街跑。

那是一個舒服的傍晚，在永康街露天的座位上，聚集了幾個朋友全都是聽著S的抱怨。這些年來，台北的街頭空間慢慢地不一樣了，開始多出一些悠閒，可以暫時逃離人潮的擁擠和讀秒過街的焦慮。我們只是靜靜地聽著。

所有可以說出來的悲憤愛情，大概都已經不是問題，我們也就不必著急。更何況，當她說起「回去」，彷若已經擁有一個屬於自己的故鄉，在那裡的美好回憶，將可以發揮神奇的治療力量。

我們總是想回到一個地方，屬於自己美好記憶的。

W曾告訴我，她在學婚姻治療時，一位教授提到印地安人的智慧：印地安老媼會告誡新嫁的少女，如果有一天發現她的男人不見了，不用擔心，他只是像熊一樣找個洞穴窩起來，等到心頭的傷口癒合了，就出現了。

如果眞的需要離開，卻沒有充滿美好記憶的「故鄉」，也許可以找一個像「洞穴」那樣的空間，因爲洞穴裡的黑暗可以提供各種想像充分放映的機會，也可以提供彷如子宮的接納吧。

我沒去過紐約以外的東岸城市，或者應該說，沒去過太多美國的城市。甚至自己的旅行曾經走過的南美洲，遠遠超過北美洲的經驗。我可以了解，這沒啥奧妙的，只是自己內心深處總想與衆不同的結果。

如果我要「回去」，又應該是到哪一個城市或哪一個國度？

L君某次上台北處理一些公事，恰巧連絡上了，就在我的住處過夜，當晚索性連住在隔壁的T和J夫妻也一起找來，暢飲夜談。那時L君正準備出版自己的作品，描述一條公路的書，東海岸的台十一線。我們幾個人興高采烈地談起屬於自己的台十一線的記憶。

L君一直是那裡長大的，生命中幾次重要的轉捩點都曾經讓自己放逐在這一條海岸公路上。當夜晚來臨時，一個人裹著雨衣就在沙灘上過夜了。T君則是退伍那一天，自己開始徒步走過那一條公路。他笑著說自己沒有L君那般大膽，每當夜暮低垂就快快搭便車到下一個城鎮。至於我呢，在東海岸居住的那四年，稍有心情就驅車離城，將一切交給速度。如果當天空晴朗無雲，通常就選上了靠海的這一條美麗公路。

那一天晚上，也許是夢吧！卻是栩栩如生：我飛翔在台十一線的上方，島嶼的陸地和海洋交接的地方。海水，天空，岩岸，公路，稻田，山脈。各種的藍，各種的綠，各種色彩鮮艷的不同顏色，我想，是該回去的時候了。

時空轉換器

史基佛機場的候機大廳，我坐在可以瞭望來來去去遊客的二樓酒吧，一個模仿復活島圖像的空間。在離開荷蘭以前，喝一杯Amstel生啤酒，當然不只是因為爽口或清涼這樣的味覺因素，也包括和阿姆斯特丹這一切異鄉情調作象徵性的，但也是最後的連結吧。

這個阿姆斯特丹的國際機場還是一樣的寬闊，一望無際的舒適。只是，不知是經歷多年的折舊，還是這一天的陽光恰恰不足的緣故，總覺得色彩的鮮艷，比不上多年以前的印象。那些漂浮的雕塑，巨大的鐵片築成的球形體，人工的棕櫚樹等等，比起記憶中還褪色許多。

因為轉機的緣故，每隔幾年，總有機會在這裡靜靜待上好幾個小時。也許是從台灣出發，經歷了十多個小時的飛行，在整個軀體上上下下千萬個毛細孔快要全部悶塞，整個人的氣息快窒息以前，終於抵達了這個休息站。這時，從小小擁擠的座位，突然放大到這個龐大的候機大廳，感覺有一種逐漸膨脹的解脫感，整個人放鬆下來，幾乎是要融化在這片佛蘭德斯土地的大氣層了。

也許，是十多天的行程終於結束了。許多人都有的經驗，也許是搭泰利號子彈火車，從巴黎或布魯塞爾過來的；也許是轉機，一家不熟悉的小型航空公司，從歐洲的某處，奧斯陸或布爾諾之類的城市，下機後才剛剛入關。

總之，大家都正在等待著華航返回台灣的班機。

眞的，每隔幾年，這一切又要發生一次。

不像阿拉伯地區阿布達比或杜拜，或泰國的曼谷，不論是華航或長榮的飛機，這幾個城市的機場都是前往歐洲必停的中途站，除了停留時間短暫，而且，機場裡除了免稅商店還是免稅商店，幾乎沒有一個可以舒適坐下來的角落，或是可以整個人放鬆的椅子。旅客唯一可以眞正安靜休息的地方，只剩下廁所裡的馬桶座位了。旅客沒法停下來，手上還提著被迫帶下機的隨身行李，像是一群逃難的災民，在亮度有一點不足的空間裡匆匆忙忙地趕向登機口。

阿姆斯特丹的機場則是一個停下來的空間，整個世界的運轉都緩慢下來，原本一路奔跑的旅程也可以漸漸鬆弛下來了。

這樣的緩慢開始出現一種神奇的力量，時間和空間的神奇轉換，像時光機器那般。

剛剛抵達歐洲的人，確定自己眞的離開亞洲了。在還沒下飛機以前，雖然飛行已經十多小時，距離早已超過數萬哩，可是，「離開」的感覺卻一直還沒完成。因此，忽然踏入這個空間，興奮或恐慌逐漸平靜，呼吸都輕鬆了，才發覺：眞的是「抵達」歐洲了。

離開的旅客也可以有同樣的感受，只要他們走進這個充滿神奇力量的轉換空間。雖然故鄉還在遙遠的十多小時航程之外，可是，他們知道，只要跨上機門就到達家鄉了。

所謂的家鄉，不是在半個星球以外，是在隔壁：吃個飯，睡個覺，看個電影，再打開登機門，就到家了。

朝記憶飛去

清晨將近六點時刻，天微亮，驅車經由北二高木柵支線往台北市區的方向。高速公路上沒有幾輛車，難得的空曠。清晨的空氣從微開的天窗翻爬進來，再加上全身是剛才沖浴後的芳香，所有的感覺都新鮮極了。也許是這樣的體感，一種無比清新的舒服，我忽然想起了一座山城，位於瑞士阿爾卑斯山的策馬特（Zermatt）。

記憶是十分迷離複雜的有趣玩意。大部分的時候，我的記憶是十分地圖的，特別是那些自己安排的行程，甚至是租車暢遊的地區。這時，腦海中自然浮現一片城市巷弄的分布模樣，一幅各種道路穿越不同都市的地圖，甚至是圓形的地球儀，至少，從聖彼得堡搭了火車西貝流士號抵達赫爾辛基以後，我對高緯度地區的方向感覺，漸漸不再相信平面的世界地圖，而是更接近事實經驗的地球儀。

清晨出發的西貝流士號，下午三、四點才抵達目的地；中間經歷了繁瑣的驗證工作，俄羅斯和芬蘭的邊界警察輪流牽著大狼犬，慢慢在車箱裡一個個查驗護照。還有一大堆的芬蘭乘客，魁梧的身材扛著大箱小箱的各種烈酒或啤酒，幾乎全在邊關的前一小城，像逃難一樣，為了避免被查稅全下了火車，也花了相當的時間。如果，少了這些耽擱，聖彼得堡幾乎就是貼在赫爾辛基旁邊。

有些時候，旅遊的記憶全然只是一個名詞，特別是那些好幾個音節，唸起來像是在唱歌的地名。有一年，我結束了一個人在斯堪地那半島的火車旅行，也結束了一場順道參加的國際會議，獨自在斯德哥爾摩國際機場等待。陌生的城市總教人緊張，特別是第一次路過的機場，因爲擔心交通是否阻塞，以及市區是否距離太遠，總是寧可早一點抵達機場，辦好登機手續。

我果眞太早抵達了，離登機時間還有兩、三個鐘頭。手上拿的是實惠的經濟艙機票，當年國內又還沒有隨白金卡大戰而來的各種飛行優惠，自然沒法進入專供商務或頭等艙的專屬休息區，只得自行找一個舒服的椅子坐下。

漫長的等待終於結束，所有的疲累在這一刻全身湧罩，不用再急切翻閱任何旅遊指南了，我只想繼續癱軟下去。正前方有個看板，幾十行的班次，沒幾分鐘就翻動一次，表示又有一架飛機離開，前往這個世界某一角落的某一城市。這是多麼神奇的感覺呀！我就這樣懶散地坐著，全然是呆滯的精神狀態，彷如在地球上空看不見的軌道裡無限的滑溜移動，巴黎、聖彼得堡、米蘭，前往無限的城市。

忽然一個地名讓我想像的飛行卡住了：Santorini，多麼熟悉卻又一時想不起。Santorini，一個唸起來像一首短歌的地名，我知道自己腦海深處一定存有關於這個曲調的記憶。

在阿姆斯特丹轉機，坐上飛回台北的班機，用餐，一切就緒正要入眠，忽然才想起來，啊！Santorini（聖托里尼），愛琴海上彷如天堂的美麗小島。剎那間，美麗的夕陽，高聳的斷崖，從高處眺望出去的寧靜海洋，一切的一切，全像忙碌的畫面衝向腦海。我記得 Santorini 這個名字，這唱歌一般的節奏，只是當它躋身在倫敦、紐約和馬德里這許多國際都會之間時，試圖在世界各知名城市之間尋找記憶，反而全然阻塞了。

我還記得那一次坐在回家的飛機上忽然想起的經驗，實在暢快極了，彷如又一次回到 Santorini。記憶果真是迷人，除了近乎魔術的幻覺效果，它讓人無法掌握的神出鬼沒，更是教人驚喜。

一條漫長的旅程

夏日的七月，和友人沿著波羅的海旅行。

從聖彼得堡的芬蘭車站出發，前往當年列寧（Lenin）結束流亡到俄羅斯第一場演說的歷史地點，我們搭乘西貝流士號火車跟隨他的方向奔向赫爾辛基（Helsinki）。

而今的俄羅斯民眾，比起當年夾道歡迎列寧的人民，又是如何的差別呢？嚴格說來，即使是無時不刻地搭乘地鐵、或擠在馬路人群中的自助旅行，還是和當地的居民永遠有一個遙遠的距離，根本不可能有任何對人的了解。也許，我們是見識到莫斯科街頭喜愛盤查護照的警察，見識到公家或私人企業裡，每個人都帶著些許像是官僚氣息的冷淡和緩慢，但是，這又能代表甚麼呢？在莫斯科前往聖彼得堡的夜車上，我們不也和兩位友善的莫斯科人同車廂共眠，包括積極地給許多建議的法律系女生笛塔妮？

在聖彼得堡，英語和美金一樣普及，我們也同時感覺到四周的氣氛友善許多。永遠微笑和愛擁抱的大鬍子司機伊莫，熱情介紹杜斯妥也夫斯基（Fyodor Dostoevsky）的紀念館解說員，還有，令人永不擔心的深夜漫遊。不過，我們不也遇到了誆人的駕駛運河遊艇的年輕小伙子？究竟，我們可以對人了解多少呢？在赫爾辛基，一個顯然是明亮許多的城市，我們沿著海灣的綠地徒步到西貝流士紀念碑。陽光、藍天、海洋、遊艇、樹林和綠草，還有對所有的人都相當體貼的空間規畫。一切都美好極了。我們隨意在海邊的咖啡小屋佇留，坐在陽光下品嚐咖啡，隨時有海鷗飛過來，逗留在我們周圍。然而，牠們永遠都只處在某一個範圍外，超出我們的手臂圓周外的安全距離，即使是用香甜的麵包也無法誘引過來。這樣美好的居住環境，我們都感覺舒服極了。同行的友人特別偏好這裡結構簡單的建築，完全由整齊而垂直的線條構成，他說：眞想不通，住在這樣的環境怎麼會想自殺呢？他指的是這許多年來，芬蘭和瑞典一直高居不下的自殺率和憂鬱症罹患率。有一年，世界心理衛生聯盟大會在赫爾辛基舉行，如何預防自殺和憂鬱這兩個相關問題成爲大會的主題之一。芬蘭上上下下做了許多努力，自殺率依舊不變。這樣的問題爲甚麼不是發生在莫斯科那樣灰暗的城市，或是讓杜斯妥也夫斯基寫出《罪與罰》的聖彼得堡？爲甚麼不是我們這些汲汲營營，永遠堵塞在台北市每一街頭，而徒然羨慕別人的第三世界居民呢？旅程永遠是流動的，我們無法在飛機起飛以前做更多的停留，終究不可能在這般的人群穿梭中觀察和研究這一切問題。

赫爾辛基的街道很簡單，城市亦不大，我們晃了半天就明白如何辨認方位了。夏日裡的千湖之國，幾乎每一條街道或水邊，只要有陽光，就有坐下來的啤酒或咖啡店。當然，絕大多數的人啜飽著啤酒。百分之二十二的貨物稅，一切的食物和飲料都顯得昂貴極了。

同行的友人就要結束他的旅程，而我還要繼續。兩個人開始變成兩個分開的個體。他不經意地說，要開始吃胃藥了，因爲二十四小時以後就要開始上班。原來，所有預防壓力引起胃酸過多的制酸劑，不是爲了陌生國度的恐懼或緊張，而是爲了回到原來生活軌道的適應困難。而我，已經訂好夜車票，準備前往一個剛巧越過北極圈的小城。一趟十二小時的漫長夜車，然而，眞正的黑夜只有三個小時，或者更短。這樣的個人旅行，近乎是北地的自我放逐，又該是怎樣的心態呢？我忍不住聯想到《阿拉斯加之死》[1]，那一位凍死在沒人前往的冬地的簡樸青年。這樣的聯想當然帶來了一陣孤絕的沮喪感；然而，奇妙的是，這樣的絕望反而夾雜著自己不敢凝視的滿足和喜悅。在旅行當中，從一個都會到另一個城鎮，從一個國家到另一個城邦，人的位置又回到了荷馬（Homer）筆下的奧德賽之旅。我帶著相機，卡擦卡擦地照了幾十卷的幻燈片，彷如是將所有的風景都存檔而佔有，彷如是率領希臘聯軍的亞格曼儂，征服和奪取的欲望永遠蠢蠢欲動；另一方面，卻又像是刺割自己雙眼以後的伊底帕斯（Oedipus），永遠拒絕了家、城邦和各種的美好風景，當然，也棄絕了賜他終身詛咒的諸神。我是在觀賞他鄉異國的風俗民情，還是在觀照自己內心永遠多層次變化的情緒風景？

站在赫爾辛基的火車站，有著巨大的岩石建築，正面石牆上雕著四位維京巨人捧著圓形大燈。這樣的一個城市，從小到大一直在課本上背誦著，在電視新聞上看見，在學術討論上讀到，在西貝流士的音樂中聽見。如今，我來了，我看見了。但我眞的看見了嗎？所有映在視網膜上的影像，也許都是眞實的呈現，卻也是更多疑惑的起端。然而，在內心深處，因爲和外界的互動之際，潛意識的裂縫乍開，似乎又看見了自己一些不曾見，甚至是不該看見的事物。

我看見了嗎？離開的前一晚是星期五，週末的第一個晚上。我們用完拉普（Lapp）風格的晚餐回到低廉旅館，一路都是暢飲甚或醉酒的酒吧。旅館的樓下就有三家小酒館，一直到半夜兩點還是喧囂不斷。我起床，將所有的窗都封上，然後繼續安眠。我看見了嗎？我不知道，我還正在尋找，一條漫長的旅程。

附註

1 《阿拉斯加之死》（*Into the Wild*）是美國作家強・克拉庫爾（Jon Krakauer）的著作。

在邊緣的路上

多年以前的一個下午，自己一個人走在中橫。洛韶附近吧，我已經記不得了，只知道天色逐漸蒙上山的陰影。

山谷裡的白晝消失得特別快，甚至連微微的暖意，也因爲兩側高聳的山壁縮短每天的日照時間，一下子就滑溜光了。

抬起頭來，山頂還是湛藍的天空，黃金顏色的陽光還籠罩在遙遠的山脈高處，中橫公路卻是迅速走向夜的世界。

這是一條很熟的公路，來來回回也總有上百次了吧。只是，不同的是，這次我沒有任何交通工具，而且，還落單一個人。早上出發只是臨時起意，原先是要到鄉公所辦一點事，遇見衛生所的醫生老友正要出發巡迴醫療，隨意就搭上他們的車兜風去了。

他們可能以爲我自己下山回花蓮了吧。分手時我只是說要去走走，不想和他們去巡迴村落。「等一下回來再把我撿起來吧！」分手時我這麼說著，當時心中想：「反正只有這樣一條路，巡迴醫療車又是這般搶眼，不可能看不見的」。然而，我還是錯過了。

是中午在河床睡過了頭？是自己繞走舊路時錯過了他們？還是山上的村落發生了一些事，他們其實還沒下山？我看到每一具公共電話，就試著投幣撥打朋友的呼叫器。那是還沒有手機的時代，人與人聯絡的管道幾乎是脆弱不堪，連嗶嗶的呼叫都只是一種心理安慰吧。如果朋友收到我的呼叫，回應我顯示的呼叫器號碼，又可能成功地傳遞訊息到這偏遠的地方？

我並沒有迷路，我只是被遺棄了。

多年以後，我一個人去阿根廷自助旅行。

阿根廷是一個超級巨大的國家，從南到北幾乎要跨半個地球，而且，總人口已經不多了，偏偏又都集中在各個擁擠的城市。於是，一旦離開了城市，沒一下子，人就陷入荒涼裡。甚至，如果你和我一樣是一句西班牙文也聽不懂的，四周的人對你的英文永遠只是搖搖頭，恐怕還沒離開布宜諾斯艾利斯，還在這「美好的空氣」裡，疏離就已經出現了。

我在布宜諾斯艾利斯花掉了所有的旅行支票和大部分的現金，忽然之間口袋只剩下幾十塊美金。在這一個不接受信用卡的國度，也找不到自動提款機神奇的吐鈔，生活開始變得十分艱困。

原本想去火地島，可惜那年不尋常的大風雪，阻斷了所有的交通工具。我只好在旅行社提供的旅遊套裝裡，選擇了一個最南端的路程：看當年遲到的企鵝，看滿山滿谷的海豹，看巨大而懶散的海獅，還有，在你船下忽前忽後的海鯨。

每天晚上回到這港口小城，伴隨的是因爲口袋美金愈來愈少，而愈是巨大的孤獨和不安。

有個晚上，循例在旅館房間獨飲超市買回的廉價白酒。我將酒放在窗口外的寒風裡一、兩個小時，立刻達到極佳的冷凍效果。我啜飲，並且胡亂看著電視。忽然看見某一家信用卡的廣告。畫面的背景是東南亞的一個小島吧！一個白人男子遺失了他的卡，沒多久，划著小舟的亞洲女子就將信用卡送到這位渡假中的男子手上了。

那一張信用卡我也有，而且，就帶在身上呢！我很想撥廣告上的那個免付費電話，對著電話筒大聲吶喊：可是這裡沒有任何人或任何機器認識它呀。我的吶喊是淒厲的，迴蕩在這南大西洋、南極洋，甚至更遙遠的南十字星。我忽然發現自己被遺棄在資本社會的邊緣，再花掉口袋這幾塊美金，就要掉進世界的盡頭了。

一個人，沒有錢，沒有認識的語言，不需要死神，就可以發現自己不再存在了。

日子真的可以很簡單

我似乎是帶著感傷的情緒，來這裡，花東海岸的台十一線，進行一場永無止盡的哀悼。然而，整齊的公路，拓寬以後的路面，再加上許多重新整理的舊日髒亂景點，似乎又不斷帶來無限的驚訝。

譬如，站在八仙洞登山步道的最高點，看著美麗海岸無線延伸，特別是涼風拂過一身的汗熱交際，忽然又覺得這一片的好山好水教人永遠不捨。

經過長濱，繞道衛生所拜訪T。他帶我們去吃當日撈獲的鮮美海產，就在面海的餐廳。我望著這一片海域，回過頭笑著說：我想到了希臘愛琴海小島上的旅行。

夏日的愛琴海，不論是聖多里尼（Santorini）或米克諾斯（Mykonos）這些熱門島嶼，還是像基瑟拉（Kithera）這種罕有遊客的島嶼，只要有交通工具，如吉普車或摩托車，總是可以四處遊蕩。敏銳的觀光客自然會在傍晚時分繞到島的西岸，只要有任何岔路朝向海洋，自然就可以朝它駛去。那裡必然有一個小漁港，港口必然有一家小餐廳，餐廳必然沒有提供菜單，只有當日新鮮捕捉的海產，而且都是手法高超的碳烤，這永遠都是唯一的料理方式。當夕陽落入海洋，呈現不同角度、不同風格的千變光澤，海鮮加上店家自釀的冰涼白酒，人生夫復何求。

在蘭嶼工作近四年的T，來到長濱也恐怕是同樣漫長的時間，不知安居在這海岸的一切感受如何？我來不及問他，也覺得不一定要問。他必然是滿意，甚至是得意的。當我說起希臘時，他急急說那樣的碳烤料理太可惜了，還不如這邊的一切：生食的生魚片，水煮的龍蝦，清蒸的新鮮魚。他的驕傲，已經說明了他的滿足。

我也曾經如此得意過，甚至到現在還是如此。任何人只要住過幾年，甚或只是幾個月，恐怕都會因爲對東部這一股強烈喜愛而不自覺的驕傲。

那一天離開了長濱往台東的路上，T急急又打手機來，提醒不要忘記成功的水族館和都蘭糖廠的咖啡。我們沒去成功港，先是在東河停下來，吃了一個東河著名的包子。太好吃了，忍不住，再買一份。

我們也去了都蘭糖廠的咖啡館。小小的舊屋，木頭建造成的主體結構，像昔日派出所房舍的模樣。招呼我們的老闆娘竟然是八個月前才來的，原本是在台北某全國性知名的雜誌當編輯。糖廠另一端有幾位原住民藝術家正忙著新的藝術品。我們沒去打擾，只是遠遠看望。

日子眞的可以很簡單。這一點，我很早以前就告訴自己了，只是，似乎還少了一些東西，也許是勇氣，也許是某種能力，總是還做不到。

那一天晚上我在台東市區有一個小演講。我站著，不曉得是前一天宿醉的疲倦帶來的生理遲鈍，還是純粹只是有種時空錯置的荒謬感，我的唇雖然很容易地繼續講著，腦海卻是想到台下那些朋友的聲音，來自山和海眞正的呼喚。

當夜車離開台東，飆車的超速再加上雙黃線超車，在關山附近被兩位警察攔下來。他們檢查著證件，當我正擔心可能的罰單時，其中一位卻說：「還是要小心，前面測速照相很多呢！」那聲音如此誠摯，任何人都會感動的。

我擁抱著那一份感動，在花東縱谷的黑暗太空裡，繼續這一百五十公里的溫暖航行。

人生最奢華的一刻

一位新認識的朋友向我推薦百國俱樂部，這是設在加州的一個民間團體，只要去過一百個以上的國家就可以參加了。他還熱心地寄來簡章，上面洋洋灑灑地列上三百多個國家或區域，旁邊還註明了一行字：聯合國的會員國還不到兩百個，這裡的分法是依區域的。譬如美國本土、阿拉斯加和夏威夷就分屬三個獨立的單位。這位朋友說他已經去過兩百五十個國家了，甚至還爲了這樣的旅行所需要的簽證，還因此擁有三個國家的護照。

我想到自己去東非的那次旅行，難得一次參加旅行團的經驗。

旅行社招攬的廣告早早就出現在各報的旅遊版，可以選擇參加十一天的肯亞和坦桑尼亞就好，也可以再多五、六天，就可以加上尚比亞等三個國家。我自己比較一下行程，覺得後面追加的行程只不過是在各景點間飛來趕去的，再加上假日有限，也就選擇了較短的行程。

當時模里西斯航空的亞洲航線還沒開發，想飛往肯亞首都奈洛比（Nairobi），就只能在阿拉伯一帶轉機。不過，這已經方便許多了。多年前，曾經有一位立志要完成薩伐旅（safari）[1]願望的朋友，還特別飛到北半球溫帶的倫敦，再從希斯洛機場飛往熱帶的南半球。

像東非這樣距離台灣遙遠的國家，一趟旅行其實是十分奢侈的，不論時間上或金錢上。那一年，我們參加的旅行團才招募了十一或十二名團員。

一群陌生人在一起，偶爾有一次這樣的經驗，其實還滿有趣的。雖然在阿布達比轉機時，看到另一群台灣三十來人，預備要去西班牙的，全緊張兮兮地聽著不可一世的導遊不斷地恐嚇說：「你們不聽我的，到時候被小偷或扒手光顧了，可不要來找我哭。」這樣的場景，實在教人後悔，也許不該貪圖安逸和安全而參加旅行團。不過，撇開這個情形，這唯一一次參加陌生團體的旅遊，倒是認識了不少可愛的人。有趣的是，除了一、兩位專業級的賞鳥專家，已經年邁中年的我們，反而成了整團最年輕的成員。

在東非高原的薩伐旅快結束時，其他成員才驚訝地發覺，我們只參加十一天的行程。「爲什麼不多留幾天，就可以去三個國家呢？」一位退休的教授甚至還翻出他的護照說，要在非洲多蓋三個國家的入境章，是多麼不容易呀！另一位還在某大學教書的前輩也跟著開口表示，再去這三個國家就已經達到他人生旅遊的九十六國，再到年底就可以破百了。

多年以後，朋友羅某從南極旅遊回來，興奮地向大家說起諸多不尋常的視覺經歷。他亢奮地讚嘆著，忽然聲音一低：「不過，即使這樣偏僻而昂貴的地方，還是有很多台灣人去過了。」原來，在他的奇幻之旅，在最超現實的經驗裡，忽然跑出來好幾位台灣的歐吉桑和歐巴桑。

我想起了七〇年代，自己還在大學時偶爾參加登山社活動的日子。那一陣子開始有五嶽三尖，甚至百岳的計算方式。每次好不容易攻頂，必定是要找到三角點的石柱，一腳踩上再照張相，才算完成。當時大家互相嘲笑，自己爬山像是橄欖球的「達陣」，只要一觸地就算得分了。

甚至有一年，大霸尖山的鐵梯要拆了，爬山的人群忽然從四處湧來。我記得當年那張達陣照片，小小的山頭上還擠了幾十個人等著要拍自己的英雄照，證明自己曾經征服這麼神奇的山。

我的東非旅行並沒繼續後面三個國家的征服。當同團的友人都搭上飛機，繼續他們的征途時，我們因爲要等待隔日才有的飛機，索性包車到奈洛比數十公里外的那庫魯湖國家公園。

那個公園在東非算是小的，卻也有台北市的四分之一大。湖濱聚集全世界數量最大的紅鶴生態群，數萬或數十萬隻，沒法判斷，只知道牠們沿著湖畔棲息，從遠處的山上望去，湖邊彷如一條漫長的粉紅彩帶。

這般壯觀的畫面，這樣空曠的大地，我們是唯一的觀賞者。人生最奢華的一刻。

在一剎那，忽然天地寧靜，耳邊鳥群撲翅啞叫的聲音，全部遠去。

附註

1 是狩獵旅行的意思。現在被廣泛用於冒險旅行。

融入的姿態

星期六臨晚的沙灘聚集了不少的人，特別是那些有備而來的家庭，紛紛將帳棚豎起來了。朋友帶著我四處走著，在新加坡東岸盡頭的樟宜村。

「這就是柔佛海峽了吧？」應該是的，友人也不太確定。他才來工作幾個月，還不太熟悉這一切。

沙灘沙質相當不錯，稍稍帶灰黃的白沙，臨晚的海湧似乎也相當怡人，下水游泳的人卻是極爲有限。友人指著不遠海面有進出口船隻，可惜著水質似乎沒有看起來的好：「新加坡人都是到馬來西亞或印尼玩水的。」

這是第一次到新加坡參加國際性的學術會議，不論是台灣、香港等地來的亞洲人，還是西方或紐澳來的白種人，開會之餘總會不斷的談起這一個城市的乾淨。「太不像亞洲了！」一位加拿大來的教授這麼說著。

可是，怎樣才是亞洲呢？

坐在萊佛士酒店的庭園裡，幾個同樣是台灣來的同業隨意聊著，似乎沒人特別喜歡這個城國。這種稍微的格格不入，既不是不習慣，更不是討厭，應該說，就是差那麼一點而沒法進入融合爲一體的自在境界吧。

然而，是不是我應該自問：爲什麼一定要融爲一體呢？在日本、在義大利、在美國的任一城市，旅程中的自己雖然不斷希望能多一點參與，而非全然匆匆的過客，任何偶然的融入都是莫大的喜悅。只是，自己卻從不曾要求自己如此融入，除了這一次。也許是新加坡太多華人面龐，太多華語文，以及太多好吃的華人美食吧！太多的熟悉，反而讓自己更進一步要求更多的相同，甚至是融入。相反的，那位希望新加坡更亞洲化的加拿大教授，反而是因爲對異國的想像，期待更多的差異。

某一角度而言，新加坡是很亞洲的。

我走進小印度，一個人四處晃晃，包括獨自在上史密斯街的印度餐廳進食，周邊進食的，全是印度人，我也依樣畫葫蘆地用右手抓飯吃著。新加坡似乎有各地來的人，但各自形成自己的聚落。

走在樟宜村的海灘，再仔細看看，才發現在這裡露營烤肉的人群幾乎都是馬來裔的長相；至於華人，幾乎是占據了村子另一邊的露天海鮮店，吃著美味的咖哩魚頭和椒鹽螃蟹。

柔佛海峽的船員忙碌地進進出出，世界繼續流動著，然而人們依然站在自己的位置上，以一種比礁石更堅固的姿態存在。

子夜列車

經常在旅行的途中、睡眠裡忽然聽見熟悉的聲音，也許是家人的吆喝，也許是小孩的哭叫，總覺得好像是在自家的床鋪上安眠，醒來時因爲這一切熟悉的吵嘈聲音而有著安然的無奈。待要走下床去看個究竟，甚至是煩躁地想罵人了，剎那間才發現整個房間都變得陌生，才覺知原來不是自己的家。

整個房間瞬間陌生起來了，不是童年時穿梭來去的日本式房子的奇妙隔間，也不是小學時光就在工廠旁邊陰暗的三合板房間，更不是現在台北家裡的公寓擺設。

房間是陰暗的，只有少數的光從窄小巷弄的小窗微弱的滲進來。一個人就這樣坐起來，也不知道現在是中午或傍晚，只聽到遠處有一群精力旺盛的年輕聲音。

我是這天的清晨才到蘇黎世的。原本從薩爾茲堡出發前買了一張昂貴的夜線火車，雙人的臥鋪，打算好好休息一陣。而車子預定出發的時刻是子夜以後，我卻擔心陌生城市的治安而早早來到車站，整個人的疲乏都湧上來了。月台上等車的乘客雖然不多，一眼看去就知道同樣是獨行的旅行者。遠處有一個東方面孔的中年男子正盤腿打坐著，一動也不動的，就這樣入定了。忽然發現自己原來是陷在焦慮和恐慌之間，在這般寧靜的月台上，很明顯地感覺到自己是唯一毛躁不定的凡俗。

後來夜車來了，我臥鋪裡的另一個人已經安睡，可能是在維也納上車的。在這種「麻雀雖小，五臟俱全」的巧妙空間裡，自己的身體顯得十分龐大而笨拙，好像身陷紐約摩天大樓的金剛，稍稍一轉身就可以掃倒一排屋子。等到躡手躡腳地鑽進被窩，才睡沒兩分鐘，卻聽見火車的服務員敲門要我們起床了。

這位服務員操著德國腔的英文，勉強聽起來，他的意思似乎是在奧地利與瑞士之間，有一段鐵軌出問題，我們必須下車改搭巴士。走道上於是一場混亂，穿睡衣的曼妙女子氣極敗壞地質問服務員，焦躁的父母強拉著不願醒過來的哭鬧小孩，性急的幾個乘客則是快快拖著行李在擁擠的走道上等待下一步指示。

我這時已經是睜不開眼睛了。矇矓之中，只能提醒自己大大小小的行李有三件，不要搞丟了。於是，在半睡狀態，坐上長排大巴士其中的一輛，稍稍安頓好，立刻又睡著了。這一個夜晚就這樣上上下下地交換交通工具，終於在某個不知名的小火車站，銜接上車身一模一樣的子夜快車。

我這一晚的睡眠變成了一段夢遊，許多談話和夢境都攪和一塊了。一直到蘇黎世下了火車，仍是迷迷糊糊的，有點做夢的錯覺。

整個蘇黎世火車站像是夢境般的嘉年華，有著一堆又一堆不可思議的龐克打扮的年輕人，讓你以爲是走進了某個不屬於現實的世界。我拖著行李，分不出哪裡是出口，整個火車站就是十九世紀歐洲的典型模樣，高高的鋼架將天空都遮蔽了。

在火車站旁邊的遊客資訊中心，我找到了一家旅館，卻也被告知原本計畫前去的榮格學院週末是不開放的，我才發覺，原來這天是週六的早上。

因爲是週末，所有的銀行都關閉了，沒有瑞士法郎的我只能拖著行李，沉重地沿著運河走。我提醒自己，低潮可能又要降臨了。偏偏蘇黎世的這個週末卻是微雨不斷的陰霾天氣，道路則是小石塊拼排的古城味道。沿著運河拖行的行李箱變成了一種吵嘈而起伏不定的折磨。所有的商店都關了，一整個城市都是十分規矩的歐洲人。然而，睡眠不足的我在失去了商店櫥窗的聲光刺激下，卻是更覺沉重了。在火車站打電話時，旅館那頭表示中午才有空房。我想了想，拖著一個行李恐怕甚麼地方也去不成了，索性還是直接到旅舍算了。原先只打算寄個行李就好，到了櫃檯竟然有房間已經整理好了。

當低潮之際，體力和士氣已經匱乏，接連火車出狀況，週末商店不開，身上沒有一分可以用的瑞士法郎，整個晚上也幾乎沒睡，一切噩運同時降臨。這時，忽然有這般幸運的恩賜，提早幾個小時的床鋪，讓我整個人感動極了，所有的委屈終於獲釋了，只覺得旅館的這位女櫃檯員必然是心地極其善良，而且能解讀我的困境。

甚至即便是窄小、沒衛廁、光線不良的任何房間，都變得可愛極了。

於是，闔上房門，立刻就躺下來睡著了。

那時才早上十點多，我卻睡得比晚上還沉熟，就是在這趟睡眠裡，我在夢境中彷如又回到了家裡，一個由過去到現在的各個不同時期的家所組合出來的一種奇妙感覺，甚至醒過來時，還以爲是眞回到了家。等到覺得餓了，想起床去吃一頓家裡熟悉的飯菜或見到熟悉的家人，期待會有一種滿足、甚至是眞實的擁抱，才發覺這一切全都是錯覺的悵然。但我卻又忍不住想捉住這一切，以爲恢復這樣的感覺就等於是回到家了，於是又繼續躺下來賴著睡覺，因爲家可能就在睡眠的另一端。

就這樣，在蘇黎世的第一天，在一家三流的旅館睡了一整個白天的覺，卻是一個半月以來的旅途所從來沒有過的甜美和安逸。

事後，我想，如果不是因爲飢餓必須出來覓食，我可能就這樣睡下去，不在乎蘇黎世這個城市究竟是長甚麼樣子了。也因爲外出才知道這城的年輕人正舉辦著一年一度的嘉年華。我吃了些食物，塡飽肚子，順手買了一份報紙，那天的頭條是瑞奧邊境的鐵軌橋樑半夜垮了，一列火車掉進了深谷。我算一算時間，剛好就是我們的子夜列車出發之際的事。在薩爾茲堡這一端，當時我們正要出發；在另一端，黑暗無人的邊境，有一列火車轉了一個方向，向無聲的深谷直奔下去。

消失的距離

十九世紀中葉，火車出現了。德國浪漫主義詩人海涅（Heinrich Heine）曾經說：「鐵道消除了空間，僅留下的只有時間。然而，只要我們有足夠的金錢，時間也可以用很容易的方式謀殺。」海涅指的是當時奧匈帝國的末代皇后伊莉莎白（Elisabeth Amalie Eugenie），也就是世所熟知的西西皇后（Sisi），她一年有三百天遠離維也納，保持在旅行的狀態。於是，她可能因爲早上來的一個念頭，立刻奔向巴黎大肆採購；也可能旅行到歐陸南端，跨過亞德里亞海抵達愛琴海，登陸科孚島（Corfu）。這位十九世紀末的傳奇人物，曾有許多不尋常的別號，其中一個即是「移動的快車皇后」，幾乎連她的丈夫威廉大帝都不容易看見她。

反倒是今日到維也納旅行的人，到處都可看見她風采迷人的大理石雕像。由於交通工具的出現，而且愈來愈普羅化，從輪船、火車到一日千里的飛機，現在不必是皇后之尊，也同樣可以迅速移動。於是，距離不再是公里或哩或海哩。一切果眞如海涅在上個世紀所說：空間被謀殺了，剩下的問題只是時間。

空間既然消失，海邊的度假海灘或文明古國的觀光勝地，透過科技工業的掌握，也就彷如是舞台上迅速走換的布景，所有交通可及的觀光點，就像是漂浮中的地點，隨時揮之即來。法國當代哲學家維希留（Paul Virilio）將這種弔詭的空間現象，稱為「失去地方定位的地方」（delocalizaton of the local）。

一位剛剛留學回來的朋友，說起他在美國的特別旅行。他們追隨著達爾文《達爾文與小獵犬號》這本書，還是發覺大大不相同——他們搭飛機到阿根廷，而（Charles Darwin）當年探險的足跡，重新走過一趟南半球；他說，後來再看一次不是小獵犬號一般的桅船；他們乘著汽車奔馳在筆直的巴塔哥尼亞高原，而不是耐力十足的駱馬；他們擁有精美的地圖，而不是錯誤百出的潦草指示了。

前兩天在自己上班的醫院，看見同事H。天呀，她不是去芬蘭，怎麼會出現在這裡！原來十天假期已經結束了。我們只記得她請假，隱約覺得工作的班底暫時少一個人，又要吃力許多。只是稍一分心，又急忙投入節奏迅速的日常生活裡；然後，在記憶暫停的情況下，原初覺得漫長的十天光陰，忽然縮短般地提早消逝了。原來居住城市的我們，無止盡地迅速重複著，沒留下太多新記憶在生命軌道上。然而在同一段時間裡，旅行的人卻因遽然改變節奏感，擺脫一年或更多年來固定的生活模式，反而擁有許多豐富的感覺。只是這節奏感是怎樣改變了？交通科技改變了旅行的感覺，也改變了我們意識中的地球結構，改變了我們心中的世界。

看見更清楚的世界

看報才知道，瑞士最南部的堤契諾州（Ticino），早在幾年前就開放大麻了。新聞談的是義大利米蘭等地的爐草君子，每逢週末就紛紛驅車跨過北部大湖區到盧加諾（Lugano）等城過一個大麻週末，就像法國人到阿姆斯特丹度週末一般。

更早前我也曾到過堤契諾州，當時是下了火車從蘇黎世搭舒適的瑞士國鐵，直接南下穿過阿爾卑斯山，再到瑞士這個唯一操義大利語的領土。我先繞到洛卡諾（Locarno），一個漂亮的小城，當年海明威在他的《戰地春夢》結局時，男主角和他的護士女友逃離淪陷在墨索里尼統治的義大利時，辛苦划了幾十小時的船，就是在這城市上岸的。我也去了盧加諾，還有當年赫曼・赫塞（Hermann Hesse）隱居鄉間的小村，順著他晚年溜狗散步的小徑，上上下下繞了一圈。

只可惜，當時不知道這一州的大麻已經解禁了。如果曉得這件事，我恐怕是會設法找看看是否有如同阿姆斯特丹一樣的大麻咖啡館試著品嘗看看。

更早以前，因為跟隨國內一個小劇場應邀巡迴演出的緣故，一起到了德國的亞琛（Aachen）參加當地藝術節，再跨過邊境到荷蘭某個小城的另一場藝術節。我們想到了荷蘭合法的大麻，由於好奇心的驅使，雖然不是在阿姆斯特丹，但仍想花一點點錢試試看。沒想到，不到台幣兩千元的花費，當地劇場的朋友就送來七、八小袋各式各樣的大麻：細細花團、油膏、各種不同的葉子。

許多年以後，才知道，同樣是大麻，在台北市的夜店裡，可能十倍價格都買不到。

大麻這一類的藥物，不論自由派的擁護或衛道人士的大肆討伐，兩邊截然對立的立場早已經不是新鮮事了。爭議要求開放的藥物，除了大麻，還包括LSD這類的迷幻藥、快樂丸（台灣報紙往往鄙稱爲搖頭丸），甚至連海洛因都有人爭取合法化。只是，在台灣，這一切複雜的討論都消失了。譬如最近有關快樂丸的討論，不論學者或報章雜誌，幾乎都用盡了各種可怕的字眼，唯恐不夠將它妖魔化。

如果瑞士堤契諾州的大麻合法化早在四○年代就通過，赫曼・赫塞恐怕不只是支持擁護，更可能是樂此不疲的使用者。至於海明威更是不用說了。當然，在那個時代，大麻還沒被妖魔化之前，沒有太積極的立法查辦，也就不需合法化了。

《美麗新世界》一書作者赫胥黎（Aldous Huxley）曾說過：「拒絕將藥物當作探索世界的工具，就像因爲望遠鏡讓一切變得清晰而拒絕它一樣，只是拒絕看到更清楚的世界。」在台灣，沒有任何辯論而反對了各種藥物合法化的情境，不就是赫胥黎說的：拒絕看到更清楚的世界。

關在小小的島嶼上

向來奔馳在廣闊草原的斑馬或湯姆森瞪羚，一旦陷入了柵欄裡，而且是一輩子的拘囚，將會如何？我從來沒有想過這個問題，直到去了一次木柵動物園。

第一次看到斑馬是在圓山動物園，這是我確定的。雖然，絲毫的記憶全沒了，但童年時喜歡攝影的父母，確實留下這樣的一張照片，教我不得不承認的確曾經來過這裡，並且看見許多的動物。

那時也許是台灣社會開始有一點起色吧！民國四十來年，父親還在小學擔任老師，學校便開始有每年上台北的畢業旅行。然而，這樣的一點點富裕還不足以掙脫數十年來沉重的貧窮。於是，當一位窮教員有機會帶學生畢業旅行時，連太太和小孩都帶上了。於是，還沒入學的我，又不至於太年幼而不好照顧，也就成了兄弟姊妹中的唯一幸運兒。至於湯姆森瞪羚，則是在牠的故鄉看見的。

某一個農曆年，我和友人一起參加了從台灣出發的東非薩伐旅的旅行團。對於非洲，我和許多人一樣，一直有一種說不出的著迷。我試著上網，查了一些當地的旅行社提供的行程。有一些網頁迷人極了，安排的行程也頗為誘人，還宣稱英國的那些皇室成員或好萊塢的幾位巨星都曾是他們的座上客，只是，這種十來個人服侍一、兩個人的豪華旅程，價位實在太高，也許下輩子吧。有些網頁上的資訊則極為簡陋，教人不容易放心。一位曾經在英國工作時，從倫敦自行跑去肯亞的朋友，以識途老馬的口氣告訴我們說，就直接去奈洛比吧！當年他就是到了那裡再找當地旅行社的。然而，我們還是膽怯了。

我們既沒有足夠的膽量可以像歐美的背包客一樣浪跡天涯，又找不到任何航空公司提供的套裝旅行，只好乖乖參加向來極為抗拒的旅行團。於是從肯亞到坦桑尼亞，開始出現無限驚奇。

湯姆森瞪羚是從肯亞草原陸續出現。牠優雅的身姿，不論是顧盼自若，還是矯健飛奔，簡直迷死人了。遇見斑馬更是壯觀。一望無際的塞倫蓋堤草原，滿溢著數十萬頭斑馬等動物，可以狂跑、可以發呆，沒有任何的拘束。這種感覺不知如何形容。只能借用旅客留言簿上的一句話：我們誤闖入 Discovery 頻道裡了。

在這裡，遊客不被允許離開吉普車，否則導遊將要被吊銷執照。在坦桑尼亞，法律更為嚴格：發現有人狩獵野生動物，任何人可將之格殺毋論。在這裡，動物是自由四處奔跑的，被隔離的是入侵的人類觀光客。

在 SARS 流行的那一年，幾乎每一國都將台灣觀光客視為拒絕往來戶，我們彷如被囚禁在島上，任由世界各國透過ＣＮＮ或ＢＢＣ來「觀賞」這一生態奇觀。

我走進木柵動物園，看見那些無精打采的非洲動物，甚至連獵豹都因爲不再有奔跑的空間，而變得大腹便便。星期天的動物園，稀少的遊客。動物被關在小小的空間裡，我們被關在小小的島嶼上。

生活在恐懼的邊緣

在計畫前往東非時，忙碌翻閱著各種旅行資料，看見一個廣告專題：「亞洲將帶動全世界航運」之類的。這是近來許多雜誌可能由於不景氣而紛紛採用的方式，因應廣告的需要而做出類似專題的樣貌。十分不巧，這些分版分區介紹各大國際航空如何提高商務艙服務設備的廣告，剛好就出現在非典型肺炎SARS大流行和美國入侵伊拉克的消息之間，一切關於美好未來的預言於是變得十分可笑。

朋友紛紛取消旅行，原本進行中的出遊計畫愈是拖延愈形喪氣。若飛往美國，一方面擔心這個參戰國的恐怖事件機率，另一方面更不願在進出關時被翻箱倒櫃羞辱一番。飛往歐洲，又怕不長眼睛的飛彈。至於亞洲，到處都是SARS疫區。

「看來只能到日本了。」身旁至少有三批朋友因爲這樣的邏輯，到京都或福岡賞櫻去了。如臨大敵的旅行計畫，整個路程變得十分詭譎。

有一年，三個朋友一起到匈牙利，在布達佩斯待膩了，索性租車四處晃，那一次的路程完全不是事先計畫，沒有任何布達佩斯以外的旅行資料，市面上也只買到一張簡單的地圖。一切雖然陌生，然而，匈牙利整片平原的向日葵實在太迷人了。

金黃色的碩大花盤，綻放在夕日色彩豐富的光影裡，忽然稠密如蔗田的群花中間走出來一列健壯的少女，提攜著各式各樣的農具，原來是收工要回家了。

車子接著開沒多久，才穿過幾個城，還以爲離布達佩斯不遠，我們就被攔下來了。荷槍實彈的軍人將我們擋住。原來車子已經開到南斯拉夫的檢查哨。那時巴爾幹半島上種族大屠殺正如火如荼進行著，每天在電視上看見的CNN記者以激動口氣描述的駭人新聞，居然就讓我們的小車在這一座小橋、一條淺淺河水相隔的前方遇上了。當然我們速速打道回府。雖然沒看見任何驚人的景象，甚至只有富裕祥和的美麗景色，除了一列以象徵的姿態站在橋頭的士兵外，我們還是感到無比驚駭。

那一年的三月，台灣的天氣也同樣詭異。忽然冷得像冬天，又忽然熱得以爲是夏天提早到臨。這樣的三月最後的一天，是星期一上班日，我遲遲地去參加一位朋友的新書發表會。坐捷運回來時，總覺得車上的乘客老是看著我。我正懷疑是不是自己妄想且多疑？直到前座有人用手遮住口罩，才意識到，原來是自己不自覺地咳了幾聲，而且不只一次。也因此恍然大悟，早上出門趕時間而搭計程車，爲何司機悶不吭聲地半途就直接將車窗搖下的理由。

原來，一直都以爲自己正面對著外來諸多恐懼的我，只要稍稍咳兩聲，也可以成爲衆人恐懼的來源了。

私人的祕密花園

離開台東已經是深夜十時。我們駕駛著花蓮友人借來的車，試圖辨識台九線的標示，包括卑南、初鹿等許久未親炙卻是十分熟悉的地名。許多景色都在改變，夜裡的市景比記憶中的台東，更是現代味十足，燦爛如摩登的城市，連公路上的反光標誌也明亮地整齊排列。一切都陌生了，綠色隧道在黑暗中一下子也沒能認出來。

一切都陌生了，雖然不是以太快的速度。夜間在花東縱谷奔馳，前後競行的車輛多了，逐漸不再有多年以前的恬靜和孤獨；甚至，也許是因爲這些天整個台灣籠罩在梅雨烏雲裡，東部的天空也失去抓星撈月的美好錯覺了。

我是前一天中午才從花蓮下來，沿著台十一線，走在花東的海岸公路上。傍晚時分，車經過磯碕灣，經過熟悉的61K這個老地點，沒有任何預先的知會，直接就停車走上山，叩問昔日的朋友是否還依然在此開墾。許久不見的M，原來已經增添許多白髮，聽見他的狗兒們激烈的吠叫，主動走出來迎接。

我們還是像過去一樣地喝酒，彷如耽溺在過去美好時光的失落者，即使空著腹，還是假設自己的身體仍習慣著一杯又一杯的米酒。

這一個晚上，忘了應該是農曆初幾。從遠方傳來的電波新聞說高雄前一天才暴雨成災，留下的雲層可能還徘徊在我們眼前的太平洋上空。沒有月亮，沒有星星，我忽然想起多年以前，就坐在同一籐架下，看見皎潔的月亮忽然從海平面逐漸升起的迷人景觀。啊！一輩子不能忘。

有些大自然的景觀，恐怕是一輩子不能忘。而我是多麼幸福，擁有這麼許多的不能忘。出發以前，花蓮的老友特別提醒，也許可以到牛山呼庭走走。我聽了，也就忘了。等到車子過水璉，看著招牌，才知道原來朋友口中的新景點就是這裡。

許多年以前，一個人住在花蓮，大部分的時光都是悠哉的。特別是下午以後，工作早早忙完，就開車四處遊蕩而路過這裡。那時，只是因爲好奇這一段海岸公路爲何忽然轉向山上離開海洋，猜想朝東的岔路是可以走下山，甚至到海邊的，一個人也就開著老爺車隨著泥濘的產業道路陡降而下。於是，穿過雜亂叢林，我看到了一片廣闊而潔淨的海灘。那是我曾有的祕密花園，蜿蜒至少兩、三公里的沙岸，任何人再如何努力狂奔都到不了盡頭的感覺。我到這裡，經常都看不見任何人。偶爾，有幾個撿石的勞動者，或男或女，在烈日下勤快地挑出烏黑和純白的鵝卵石，據說是外銷到日本供庭園枯山水用的。

如今，私人的祕密花園已經成了新的知名觀光據點。我走在沙灘上，那一天的浪不小，有些迷惘，內心困惑這一切的改變是如何發生的。

改變的不只是牛山，甚至是最靠近花蓮市的地方，海岸山脈剛剛隆起的山丘。昔日每次朋友來臨，我總是帶他們走入不顯眼的小徑，登上花蓮人唯有掃墓才上來的山脈稜線，眺望一邊是太平洋，另一邊是花東縱谷的奇觀。如今，這裡成了新的海洋世界和遠來飯店，目前台灣最熱門的新興度假區。也許，這就是島嶼註定多變的命運。

接軌

1

二〇〇四年的五月，或那前後一兩年，準確的日期不記得了，我隻身到紐約參加美國精神醫學會年會。在那個經濟還沒衰退的年代，紐約的旅館十分昂貴，而我即便一個人前往，也訂了時代廣場旁當時最熱門的 W Hotel，以一個晚上八百美金的淌血價格。

這樣昂貴的旅館是有原因的。當年的旅館網站還不發達，沒辦法比價；紐約市區的傳統五星級旅館則被各個跨國大藥廠訂光了，台灣的旅遊仲介都搶不到房間；還有，對我而言，即便是旅遊經驗算夠多了，但是，對這個黑暗的大蘋果還是有點怕怕的。這些都是住在時代廣場的次要理由；最主要的理由是另有其因。

我住在W Hotel，每天穿過全球最時髦的舞廳，在最炫麗的會客廳跟朋友見面。一位朋友的妹妹當時讀普瑞特設計學院（Pratt Institute），來找我拿她姊姊託帶的東西後，又找了兩個朋友來找我。她笑著說，這是近兩年紐約時尚的熱門景點，託我的福，不用排隊就跑來玩了。同時她也好奇，沒事爲何要浪費白花花的銀子？

2

兩天以後，我在紐約公園大道的一幢高級住宅大廈，二十二樓最頂樓的露台喝著咖啡，等著女主人P的家庭晚餐。

P是美國家族治療大師，每一本教科書都會提到她這一號人物。早在三年前她那位電影導演丈夫去世後，這房子便是一個人居住。在場的三、五人，包括帶我來的Z（也是一位猶太人），一位是他的友人，是紐約的心理治療師；還有一對夫妻，太太也是小有名氣的家族治療師。

那一天我覺得自己的表現還不錯，送的禮物既中國又現代，也不會太貴，看得出主人很喜歡，晚餐的閒聊也相當自然融入。一切都比我預期理想。當然，當他們談到詩的時候，知道我看過許多英詩，特別是葉慈（W. B. Yeats）的作品，可以看出衆人們的那股興致；只是，如果他們問起最喜歡葉慈的哪些詩句，而我能再用英文背兩句，那就太完美了。

3

那一趟紐約行程，我同時也去拜訪了阿爾伯特·艾利斯（Albert Ellis），他是理情治療（RET）或理情行為治療（REBT）的開山祖師。那一次是Z幫我邀約的。

我到艾利斯中心時比約定時間早了二十分鐘，便先拜訪參觀該中心。之後機構工作人員帶我到最頂層，整棟建築的閣樓改成了艾利斯的住家。由於艾利斯躺在床上，氣管切開還沒完全縫合，只能透過發聲器表達想法，不容易聽清楚。幸虧他漂亮的澳洲秘書十分體貼的居中傳訊息。

我原本是邀請他到台灣的，他也果眞答應了。不過，聽他說起才知道更早幾年他便到過台灣，是他的學生東海大學的武自珍安排的。我該做的家庭功課沒做好，這可眞是糟糕。

前年艾利斯去世了。這一位精力旺盛的大師一直無法再來台灣，令人惋惜。雖然他不覺得身體會造成問題（反而是我擔心），但終究請他來台灣的花費是否值得？如果只是來台上兩天的工作坊的話，意義又在哪裡？這才是重點。

4

在紐約的美國精神醫學會議那幾天，我參加了事先報名的奧圖·肯柏格（Otto

Kernberg）工作坊。結束之際，我也擠向前向他致意，除了自我介紹，同時也邀請他到台灣。

許多人湧向他，而我只是其中一位。我知道他經歷了一天的工作坊後，相當疲累。所以聽到我的邀約及介紹時，他只是點點頭。但是，當我繼續解說我在台灣辦過哪些大師的工作坊時，他疲倦的雙眼似乎多了一點神采；進一步提到將他的著作翻譯成中文的可能性時，可以看出他更專注了。

回台灣以後，我繼續跟他以電子郵件聯繫。只是，台灣出版界蕭條了，沒有出版社願意出版這類專書。我也老實告訴他，沒有書籍出版，光只有兩天的工作坊，恐怕是不夠的。

相反的，在某次的年會裡，我參加葛林・嘉寶（Glen Gabbard）主持的論壇，是關於邊緣性人格的領域。結束後只是去打招呼，瞭解一下他未來的行程。他表示的確因爲太忙而不太可能有台灣之行，我也暫時作罷。

倒是回來後，得知他編給美國精神科醫師的《動力取向精神醫學》等「心理治療核心能力」五書陸續出版，於是繼續透過電子郵件與他談論翻譯的可能。當第一本書出版時，也就是二〇〇八年五月左右，再度邀他來台。他回信客氣多了，表示一年內的行程都滿，若要安排可能要到二〇〇九的下半年了。於是，我當時就擅自決定配合這一次的大會，邀他來台。我知道這在程序上十分不對，可是，也算是被逼出的一步險棋，幸虧得到大會裡許多師長的支持與諒解。

5

再回到關於 W Hotel 那家昂貴的旅館。二〇〇七年的農曆年假，我去馬爾地夫度假，也看到一家新的 W Hotel。雖然是兩個人同去，但房費都比當年紐約時代廣場那家便宜，可是，仔細盤算，還是捨不得這銀子，也就放棄了。

二〇〇四年的紐約，Z來時髦的 W Hotel 找我。Z是一位心理治療師，由於曾到台灣辦過一個小工作坊而相識。當Z坐在炫目的會客廳等我時，我想，W Hotel增添了不少說服力（這個人很有品味＝很值得尊敬＝不是一般的黃種人？這個人很有錢＝值得長期合作……？）。於是他很快就幫我打電話向艾利斯大力推薦，艾利斯也因此從多倫多工作坊回到紐約的寶貴時間中，立刻擠出半個小時給我，即便是處在肉體的病痛和旅程的疲憊。

當Z聽到我住在W Hotel，他便提議我們不妨見面後就到P的家。Z知道W Hotel，也來台灣辦過好幾次工作坊，對我有一定程度的認識。

我們都知道西方白人很重視隱私，很少隨便邀外人到家裡，更不用提沒見過面的人。但是，當Z願意引介時，他的確有辦法讓我坐在紐約公園大道高級公寓的陽台喝咖啡。

同樣的，當我們在P的家吃飯時，我便明白她是典型的紐約知識份子。我對這世界有看法，嚮往美好的事物，都是贏得他們尊重的原因。

原來在香港的L邀P來亞洲講課，P都以年紀而拒絕了。可是過了兩年，P也答應一口氣到香港和台灣講課了。這也許只是巧合，跟我到她家吃飯全無關聯。

6

台灣的心理治療或精神醫學到底要如何與世界接軌呢？以上只是先以幾個故事來表達我的想法：實力和利益很重要，被尊重也很重要。也許有機會再談談，有了這兩者以後，如何去槓桿（leverage）和何時去進行（timing）也是很重要的。

在旅途上
——欲望、死亡與療癒

一九九一年夏末，在加州，整個人飛行在公路上。赫茲租來的新款雪佛蘭，兩手輕快擺弄著，從洛杉磯奔向濱海的一〇一號公路。

那是十分沮喪的一年。年初我在台灣，幾個大學同學難得聚會在信義鄉高山部落，T君的老家。當時我正駕著老舊的喜美小白車，越過初春的合歡高嶺駛回花蓮。叩機響起，在霧社路旁的公共電話，聽姊姊在話筒的另一頭傳來的噩耗，父親因爲心肌梗塞而在墨爾本機場突然離世。在公共電話的這一頭，世界忽然開始天地變色，中央山脈的絕美，成了永遠都不能改變的悲淒色彩。

那一年的沮喪還不只如此。更早以前，前一個春夏，我個人的一些堅持被上司視爲政治上的扯後腿，才想要趁尚未被開除以前，先行辭掉持續四年的工作。這樣的離去，像剮下自己的肉一般，要從心頭撕下這四年的依戀和努力。

這是糟透的一年，而且，還有更糟的在前頭等待著。

雪佛蘭乘載著的不只是我，還有我當時熾熱的愛情。只是，當車子奔上這一條濱臨太平洋的公路，一切都改變了。在這十天美洲大陸西岸的旅途中，我逐漸明白，從聖芭芭拉（Santa Barbara）、卡媚兒（Carmel-by-the-Sea）到聖塔克魯茲（Santa Cruz），自己和同車冶遊的這位女子，兩人的關係已經開始有了本質上的轉變了。原本還是計劃結婚的心情，隨著濱海小鎮一個又一個的流失，終於確定兩人的分手是不可能改變的。

當然，分手的原因不應只是洛杉磯和舊金山兩地溫度的落差。多年以後，我逐漸明白，其實自己當時正逃避著某一些東西，包括結婚的心情和吵架的旅程，一切的一切，都只是想要遠遠逃離不堪負荷的自己。

然而，這一輩子，我不都是在逃亡？

探險也好，追求理想也好，都只是假借來逃避某些問題的合法理由，甚至連自我的意識都可以欺瞞。也難怪如此，像我這樣的遊蕩，總是引起某些人的不安。

愛默生（Ralph W. Emerson）就曾經這般指責過：「你是何許人也，竟可以不必負起家庭的責任？」他指的是那些「因爲在自己國家混不下去而出國，又因爲在新的國度裡吃不開而回國」的人們。雖然，愛默生不懂得當今大眾心理學的用詞，但是他的說法的確觀察到，旅行，有時是逃避親密關係和責任義務的同義詞。

究竟基於怎樣的需要，驅使著某一些的人們一批又一批地踏上旅程？在法蘭克福機場，在香港赤鱲角，在倫敦希斯洛，人潮海湧，巨大的七四七或空中巴士從沒停過。

內華達大學心理諮商教授傑佛瑞・寇特勒（Jeffrey A. Kottler）在《旅行，重新打造自己》裡，開宗明義地表示：「英雄之旅是蛻變之旅，是以全新的未來取代過去和現在。」然而，夾在篇幅之間，他也偷偷地表示，對某些人而言，「與其說旅行能刺激生活帶來眞正的改變，不如說旅行阻止了改變的發生。」

他所指的，包括逃避親密關係、衝動地追求感官刺激、不負責任的沉迷、規避眞正課題、作態、逃避傷慟、延續家庭機能的障礙、避開流言、獨處的要求等等，洋洋灑灑一大堆的指控。總之，這些驅使人們踏上旅行的衝動，極可能是尋求改變，也可能是逃避改變。旅行文學的知名作家保羅・索魯（Paul Tharoux）一九九二年出版的《大洋洲的逍遙列島》，書裡的旅程一開頭就是分手：「冬日裡，我和委又在倫敦分手；兩人都很痛苦，因爲婚姻似乎是到了盡頭。」沉甸甸的書本，一頁又一頁地翻下去，茫茫大海，一個島嶼又跳到下一個島嶼。即使大洋洲的旅程結束，問題似乎有所了斷，痛苦也確實是發生了：「我仍然繼續旅程，就像一個走到外面拿報紙，但從此一去不回來的人。我就是那個人。我消失了，現在沒有理由回去了，沒有人懷念我，我的半輩子被蝕去了。」

同樣的悲傷也可能出現在事先毫無徵兆的旅程。《不帶錢去旅行》的記者麥克・邁肯泰（Mike McInture）歷經六個星期、八十二次的搭便車之後，留在舊金山的同居女友也改變了：「我不在的這段時間，安妮似乎也進行了她的內心之旅，而她決定單飛。……生命也許不會太短，不過它也夠短了。我抓起旅行鬧鐘，祝福安妮一切順利，然後，我往我覺得最自在的地方出發，那就是上路。」

千萬人就這樣上路了。

我不知道我是如何上路的。我雖然不是因爲已經發生的分手而離開；然而，潛意識裡，我或許是爲了結束愛情才安排這樣的兩人旅程。

「旅行往往有療癒的效果。」離婚三年以後，保羅・索魯在另一本書《赫丘力士之柱》結束時如此寫著。只是，同樣是這本書，開頭沒多久，當他從格拉納達外圍偏遠山區瓜地什的小酒館打電話到舊金山（又是這個城市！），一個沒有指出的聲音在另一頭關心地問著：「那個唱西班牙歌的是誰？」

永遠沒有停止的親密和猜忌，多麼像是家庭肥皀劇老掉牙的主題。

在嬉皮的時代，在垮掉的一代，賈克・克魯亞克（Jack Kerouac）的《在路上》，清楚地揭示「道路就是生命」。從此，成千上萬的美國青年開始湧向州際公路，開始蹺起大拇指，搭上任何一輛願意停下來的車輛。他們沒有什麼目標，甚至沒有目標就是目標。他們只是想和克魯亞克一樣，在旅途中有重生的體驗：「我體認到我已死去又再生了無數次，但這一切卻沒被特別記得，只因爲從生到死的轉變，以及再回到生的過程，一切都是十分容易的，都是令人毛骨悚然的，是一種神奇的空洞感覺，就像睡了又醒來一百萬次，是完全的不經意，是深沉的渾然不自知。」

同一個時代的另一個地球角落，全然不同的另一個人正逐步地將自己逐出家園。道路就是生命？不，保羅・柏爾斯（Paul Bowles）一定不會同意克魯亞克的看法。不是滾動的道路，而是隔絕的距離，才是生命。而且生命將是安安靜靜悄然遮天蔽地的天空，不用掙扎，沒有死了又復活這一回事，當然，也就沒有所謂的回家。自我放逐在摩洛哥坦吉爾（Tangier）的他，就像他自己在《遮蔽的天空》描述的：「實在沒有精神去確定自己所在的時空，同時也缺乏這股欲望，置身在這一大片虛無縹緲之境，那種熟悉又無窮無盡的悲哀，正是他心中的感覺。然而那種悲哀卻令人安心，因爲這孤獨是那麼的熟悉，他根本不需要任何慰藉。」

多年以後，垂亡之際的他，告訴以近乎朝聖的崇拜心情來訪的比他年輕兩代的作家保羅・索魯說，自己已經二十七年沒回美國了。沒甚麼理由，「只是嫌麻煩，到處耽擱，等來等去的。而且每個人只能帶一只箱子。」

也許吧，有人將旅行當成蛻變之旅，有人則是死亡，更多的人的旅行卻是十分平常，頂多只是在旅行當中，開始更清楚地看見眞正的自己。

因爲《侏儸紀公園》和《急診室的春天》而在台灣打開知名度的麥可・克萊頓（Michael Crichton），出版了一本中文書名翻譯甚差的《旅行開麥拉》。原書名只是單純的Travels一個字而已，只是，透過書寫，他卻將這複數的旅行單字涵括了他一生的重要轉變：從醫學院的準醫生到專業寫作、在接受心理治療過程所湧出的許多自我探索、在旅程中的死亡經驗、超心靈體驗等等。就像中國人常說的，人是宇宙的過客；對克萊頓來說，人生因爲旅行而發生了許多轉捩點。然而，整個人生果眞也因此而成爲是一趟或一系列的旅行。

究竟，旅行和人的心理之間，可以變化出多少的可能性呢？除了預感著愛情的即將消逝，除了一年來不斷囤積的悲傷，我的內心深處，特別是那一大片無法穿透的黑色陰影，是不是又要將旅行，糾纏成詩人鄭愁予年輕時化身的浪子麻泌，在群山深處化爲無法追踪的身影。保羅・索魯說得好：「創作和旅行的欲望一樣，都有若干的瘋狂成分。不過，瘋狂沒啥好羞恥的，甚至經常對想像力和創造力發揮有效的激勵作用。」

十九世紀初，受新成立的美國政府委託，首位遠征美國西部，橫跨洛磯山脈，抵達太平洋而繪製了首張美洲陸地圖的探險家梅利維瑟・路易斯（Meriwether

Lewis），兩年多的旅程，最豐富的收穫莫過於將自己的躁鬱症全然平靜下來。只是，成爲全美國英雄以後，每當放下行囊安定下來，憂鬱症又漫天蓋地地席捲了他的生命。沒有旅行以後的路易斯，開始在酒精的幻影中流浪，不斷想逃出高官厚祿的生活，最後以自殺結束了他英雄的一生。

而大部分的旅客，不管是正在路途中的國際機場，還是正瀏覽著旅遊網站或報紙廣告的，大概都是像我一樣平凡吧：太缺乏浪子的血液，連一點點誇稱自己曾經擁有的瘋狂都沒有。

此刻的我正計劃著在即將來臨的暑期去旅行。許多事情都該仔細考慮。過去十來次旅行幾乎都是一個人晃來晃去的，凡是有人同行，都成了災難，包括在美洲西海岸的那一次公路分手之旅。這一次，似乎像赫丘力士般，又遇到了一次考驗：現今的女友期待同行。我考慮再去一趟過去曾經走過的地方，特別是寒帶地區，譬如聖彼得堡、斯堪地那維亞半島或阿爾卑斯山區，因爲舒適不激烈的溫度和熟悉而不可能恐慌的環境，都應該可以避免旅行中宿命般的親密爭吵吧。

然而，內心深處，我其實深信這一切的謹慎，還是逃不開毀滅性的盡頭。一段旅行才正在腦海醞釀，一段難得的感情卻開始駛進幽黯的深谷。而我，一個預知死亡紀事卻又裝扮成熱情模樣的旅人，繼續前進。

作家的情書

旅行是出發和歸來，居住何嘗不也是同樣的留下和離開。

在我成長的歲月，住過無數的地方。單單以城鎮來計算，就包括了南投竹山、台北師大路和泰順街、高雄三民區、台北市復興南路、花蓮市、台北木柵台北永康街……

每一次都是到達和離開，一種更漫長的旅行罷了。

我在自己存放舊稿的手提箱裡，看到了二十四歲時的一篇短文，是報紙副刊邀約而寫的。副刊策劃著「作家的情書」系列，我也就順手寫了。在字裡行間，我慢慢地舉起自己的手，慢慢揮舞，終於才完成了多年以來的告別。

親愛的：

昨天去旗津，像過去幾年的習慣，一個人騎著摩托車，在海濱筆直而空曠的公路無所事事地遊晃，以快捷的速度。不一樣的是，這樣悠哉的心情來到這狹長的海島，恐怕是最後一次了，因爲，五月以後我就要離開了。

長久以來，猶豫離開這亞熱帶都會的飄浮心情，轉成了不可能再改變的事實，一切也就急遽直下，遞嬗爲不可逃避的離別情緒。雖然這事實是蘊釀許久了，所有的決定還是仍嫌匆促而無法坦然地承受，一時錯愕的感覺急湧而上，彷彿一場原是興高采烈的遊戲，草草地結束了。就像現在我沉寂且吃力地寫這一封信，對於我們這場遊戲的一切轉變，除了驚愕，竟然無法理清自己究竟是如何的感覺？

如何的感覺才是我應該擁有的，或者，我該把持而形諸外的？自始至終我總是思考這問題。在旗津無人的公路上，我只是遠遠眺望激動拍打的漲潮，想起昔日細砂滑入襪子和腳趾間的不適感覺，沙灘也就不下去了。

我是以悼亡的心情回到這裡的，悼亡這六年寄居高雄的生活，也悼亡自己剛剛毅然割捨的一段生活情節——以往最眷戀的故事。我以將軍的姿態，以敗軍的心情，巡視這廣闊的海，想起前輩詩人王登山祝福他妹妹的詩這樣寫著：

「妹妹　你要嫁去的地方是
白色鹽田　接著藍海
在那廣闊的中央突出

羅列的赤裸小港街
…………
然而很懂事的
善良的海邊的丈夫
會特別愛護妳
會給妳聽聽新土地的傳說吧
…………」

這樣深厚的愛啊！不像我自憐自艾的思情，一支以自己爲中心不斷打轉的圓規；不像我的夢，多年以後依然充雜稚嫩的幻想。我悼亡自己年輕的情懷，在這比陸地還廣闊的海，盼望就這樣地將一切淹逝，包括自己尋常自責的頽喪心境。

在中洲漁港搭乘平底的渡輪離開了旗津島，緩緩的、往剛亮起的岸燈中駛向前鎮渡頭。頭上方一架龐大的波音機剛好飛過，離開了小港機場、也離開了台灣，用不可能追趕的速度急急飛離。我站在上艙甲板，看撲朔迷離的海霧，想像現在的妳置身我從不知曉的異國小城，也許是風韻十足的中世紀歐式街道，也許只是尋常的西方屋舍，然而這一切都是離我遙遠而不可能想像的。

分別似乎勢在必行。五月以後我將離去這城市，悵然是必然的・然而，不久心情將會平復如昔。或許遠方也有一場興高采烈的遊戲待我投入，那麼，請祝福我——如我祝福妳的——

快樂

浩威

陌生的方向

1

我從來沒想到可以來到這個地方。

臨晚的三平寺依稀還可以聽見乍響還寂的鞭炮聲，彷彿徘徊在空中，爲我們的談話多了幾聲頓號的平靜。寺廟的負責人正急切地談著整個擴建的計畫，如何尋找合作資金，如何將旅客多挽留一天。我想我的神情必然是相當不安的，左腳不自主地晃動，焦慮急急湧上，料想嫌厭的心情是沒全然掩飾了。

貧窮總是令人無奈地生厭。偌大廟宇的主持，應該是清高的修行，卻敵不過想要脫離困境的煩躁。我這麼地向自己解釋著，也許是因爲貧窮，才如此再三地提起合作擴建搞觀光的事。何況，我們在台灣習慣的那些佛道人士的優閒，某一程度上也是因爲富裕和忙碌以後才容易辨識出來的一種差異性。

在一片漆黑的山寨裡，一群人沉默地下樓梯，同行的朋友提起離開前兩天新聞裡一位中共領導人的話：養活這麼多人就是最好的社會福利。

2

我童年記憶的某些片段是交錯在幾座竹山老家的墓仔埔之間的。通常是有些大人慌亂地在高聳的雜草裡進出搜尋，有些玩伴在遠方呼喚又發現一叢刺莓，而我左手因爲菅芒草的葉刃割傷，劃開的傷痕有血滲出，留下比右手掌心輕捧的刺莓果實還更鮮紅的記憶。

掃墓的路徑似乎向來都有一定的順序，通常是爲了方便記憶。所有家族裡的男性，從叔叔伯伯們，以及長大以後的堂兄弟，全都擁有一張腦海中的地圖，在彎折的小徑中自在地前進。然而我從沒能留住任何些微的印象，以爲這輩子尋訪先祖的路永遠是步行在別人後頭，只能徒然地納悶這路程怎麼還沒走完。

然後就發現了，在亂草深處一個高不過一尺上下的石塊，刻字幾乎已經風化得不可辨識了。「去年這個找了好久沒找到咧！」說話的是我四叔，最熟悉這一切祖靈四處分布所在的家人。通常是大伯會解釋爲甚麼這塊墓碑豎立得最簡單，好像是年代久遠了，是太祖的某某長輩之類的。然而，我也忘記了。

唯一的印象，是每一墓碑在左右肩的位置，幾乎都出現的兩個字：「平」、「和」。

3

從漳州市到平和縣的路上，熱心陪同的福建省作家協會的朋友解釋著他們印象中的平和縣。「你簡直是要去西伯利亞嘛！」我一時沒會意過來，後來才知道了，是指那裡既貧窮又遙遠。「不過這樣也好，」另一位朋友說了：「當年可以搞些反動資本的。」原來是大躍進以後，這地方因為天高皇帝遠，地處偏僻反而少蒙了一次盲進的傷害。

我們先是到南靖再前往平和的，路途有些耽擱，以致於抵達時已是下午兩點多了。公路愈走愈窄，也愈是顚簸。大陸的一切，對台灣人的眼光來談，就是一個特色：大。即使這地處丘陵僻壞的平和，隨便一個縣也是片大剌剌的土地養了五十一萬多人。

前一天晚上在漳州賓館，地方電視台的新聞正報導著即將開始的徵兵活動，播報員充滿忠誠的聲音，努力表示，平和縣政府正要積極地克服年輕人大量外流而不容易聯絡的現況。

我們在平和的縣城幾乎沒做太多的停留，就直接轉往三平寺了。幾乎每個人都不約而同誇讚這寺廟籤卦的靈驗，從早遠以前民間流傳的許多故事，到現今遠從漳州、泉州、香港和東南亞回來的各地求神意見的閩南人士。陪同的楊西北兄提及當年他父親楊騷，四十年代中國新詩的重要人物之一，從海外回到漳州時，也曾徒步前來這裡。在路上，有人說：「去看看吧，說不定你的祖先當年也是來這裡求過平安，才啓程渡海到台灣的。」我望向包圍在四周、不高但也不露一絲縫隙的丘陵山塊，心中暗想：不知海洋的方向究竟是在哪邊。

從明清到現在，所有生命青春的希望都是在海邊，不論是前往當年的台灣或是現代的沿海經濟開發城市，歷史流轉的方向卻都是一致的。

4

故鄉每年的掃墓通常要分兩批，主要是因爲祖先的墳墓剛好是坐落在鎭的兩端。這些年來，漸漸改成上下午各去一個地方，因爲年輕力壯可以去砍芒草叢的族人中，眞正認得路的是愈來愈少了。四叔曾經在鎭公所負責過整個鎭墳場的管理工作，對於這些四散的祖靈是熟悉了許多，行程幾乎也就全倚賴他的安排了。

一路上，隨著每年沿路聊天的點點滴滴，大家才開始提到當年祖先的種種。平常，這些事蹟是極少聽聞的；即使有機會聽長輩聊聊，可以談的也不多。據說，我們的開台祖來到台灣的時間是很晚的，大約八、九代，算起來離現今也不過一百六、七十年。因爲起身出發的時間晚了許多，也就落腳在這偏僻的地方。

這個地方鎮上的人通常稱它是大坑，位於竹山南端，在密布的竹林丘陵中突然凹陷的小山谷。我們祖先的記憶是十分曲折的。從太太祖、太祖到曾祖，連續三代祖先全都是在年紀還相當輕的童年就爲成一家之主，繼承了許多祖產，但是沒繼承太多的祖先的回憶。甚至，在太祖或太太祖的時代，一場大火燒去了祖厝，也焚盡了唯一記載有祖先紀錄的族譜和牌位。

5

在我高中的某年暑假，回老家去住了幾天。祖父帶著我和另一位與我年紀相當的堂兄到竹林裡找竹筍。這塊竹林在台灣的歷史上是赫赫有名的，日據時代曾經因爲竹林承租問題，而引發了農民組織領導抗爭的事件；在地理上，也是同樣有名的，從鹿谷、竹山一直到嘉義梅山，形成了台灣林相中最廣闊平坦的空地。祖父曾解釋這裡就是祖厝，當年一把火燒盡的老家。然而，除了還存有一口古井，甚麼痕跡也沒遺留了。就像祖父對所謂王家祖先的記憶也沒有太多的痕跡，因爲年幼時被抱來領養的祖父，沒多久就死了父親，祖先的故事也就所剩不多。

王家的故事是從祖父開始的；年輕嗜賭的祖父，嚴厲持家的祖母，娓娓道來，依然是一篇動人心弦的傳奇。

6

在我們抵達三平寺時，坐落最外方的山門正趕著翻新，工人是天色漸暗以後才陸續散去的。整座廟宇坐落在山丘上，俯瞰著山谷，據說這是有名的蛇穴地理。所有的樹木大概是大煉鋼時砍盡了，一座一座全是光禿禿的山饅頭。寺廟沒有想像深山名剎中的清幽靈秀，群山也沒有台灣的雄峻和蒼綠。倒是寺廟的主持為我們娓娓道來廟中奉祠的廣濟道人楊義中諸多傳奇，包括揮舞血腥的方伎，為貶謫潮州的韓愈殺盡那些不聽信（祭鱷魚文）的惡鱷。晚風習習，在天光微暗的廳堂啜茶聽講古，雖然許多不符史實，倒也有一番風味。

原先我們是要求到土樓一遊。從南靖到平和這一帶，鄉間到處都有著方形或圓形的龐大民宅，是這些年來建築學界頗為知名的「漳州土樓」，有規模的這類建築也近百座。只可惜，也許是因為提出要求的時間太匆促，也許他們因為身處本地而習以為常了，總覺得不值得將時間浪費在這段路程上。

三平寺在地圖上的位置，比起土樓，是更南方了。

廟宇整個建築形成三進，雖然是清朝翻修的模樣，格局上還是有些唐風的。當年三平祖師爺義中大師的父親是從陝西南下當官的，從此才落籍在福建。不知這廟當年修築之際，三平祖師爺是否曾料得同樣的一塊土地，在千年後，出現了像土樓這樣全然取方圓爲雛型的反傳統建築。據說，這裡原是有一族與蛇共生的少數民數，唐朝之際來到此地的三平祖師爺帶來了醫術和新的生產技術，也就「馴化」了這地方的民族，只剩一個供祀「蛇侍者」的侍者公嶺廟。

7

同樣的故事也出在台灣。

在這童年階段，在課本裡讀到了：「吳鳳，福建平和人氏，……」，心情隨著文章的忠義情節而起伏了。記憶中，「平和」兩個字幾乎成爲我光榮的胎記。也因爲這緣故，即使我幾乎忘記了自己是漳州還是泉州人時，「平和」這兩個字是依然深烙在記憶深處。

然而，成長以後，吳鳳的神話開始瓦解，光榮的塑像成了污名的代表，所謂的「馴化」，原本就是現實生活中活生生的血腥殺戮。而我的認同，似乎還來不及隨著時代意義的轉換而改變，來不及潛抑的記憶反而成爲一種驅動了思考的痛苦。

一個人的認同眞的需要抬頭望向祖先嗎？這眺望的距離又是應該多遙遠呢？十代、二十代，或是更久？然而，即使回顧是必須的，這些祖先眞的是所有一切事實俱在的祖先嗎？這一切的思考一直困擾著我，讓我忍不住不斷翻騰地困惑。我的生命從竹山出發，到了台北念中學，又到高雄上大學，然後是六年的台北都市生活，後來卻又定居在花蓮四年，再回台北紅塵。我已經很難確定自己還是不是南投人了，更何況遙遠的漳州平和。

8

每逢清明，如果就職所在的醫院許可，兩天的假我通常是會回去掃墓的。只是，這機會是愈來愈少了。

如果去墓仔埔，我就可以看到故里的名稱：平和、南靖、永定等等，那些距離百來公里的縣名，如今都在同一塊侷促的墓地上團聚了。

我想我是很難確定自己的歸屬的，就像困惑的身分認同，永遠流離漂泊在不同的地名指標之間。甚至，我真的會懷疑，墓碑上平和兩個字就是我這次去的漳州平和嗎？想像中的故鄉，真能重疊在真實的存在之上？

那次旅程，離開平和縣時，當地作協的朋友問：你確定是平和縣嗎？在平和，五十多萬人口裡，只有一個小村姓王，下塞鎮的王厝村，總共才一千一百多人……。

我應該去問誰呢，關於這樣的問題，永遠陌生的方向，早已經失去了所有牽扯的絲線了，不如就當成旅程當中，一陣輕輕晃動了身影的微風吧！

冷冬夜未眠

向來擅長爬高的瑞士國鐵，穿梭在冬天的阿爾卑斯山脈，景觀依然隨海拔而豐富變化。當火車穿進茫茫無涯的針葉森林，地上的雪堆高而樹幹黯黑挺拔，愈來愈感覺到車廂裡四面八方鑽進的寒意，紅色的火車終於到達策馬特（Zermatt）。

「到了，美麗的策馬特。」臨座的一對美國新婚夫婦壓抑不住的興奮，嚷嚷著，揮手和我這位六個多小時的朋友告別。沒多久，他們就鑽進一部當地的電動計程車——很像高爾夫球車——離去了。

我也跟著走出車廂。忽然一陣寒風夾帶滿天飛舞的雪片。一切太突然了，我很自然地用中文喊了一聲：「好冷唷！」整個人陷入茫茫不見人影的風雪裡，只聽見刺耳的鈴聲一陣又一陣的叫喚我。

電動車子不見了，不准使用汽油的策馬特小鎮也不見了，而鈴聲還是一樣急促刺耳。我睜開雙眼，看見是自己的手機正響著，轉過頭，才發現自己是躺在台北家裡的床舖上。

手機顯示凌晨兩點四十二分。

這會是誰打來的？手機上浮現一個沒有印象的號碼。我該不該回電？

我起身，帶著被吵醒時總會隨睡意消失而出現的強烈不悅，心裡浮現自己透過手機，強烈不愉快地罵人的畫面。

這晚上的台北盆地因爲寒流而創下今年冬天最低溫的紀錄。臨睡前的電視新聞報導著落雪後的合歡山塊，也說起今年歐洲入冬以來四百多人凍死的消息。我想著，才發現自己整個身體冷冰冰的，原來的棉被根本沒法足以取暖。我走過房間，冰庫一般冷颼颼的空曠。上完廁所，打了一個好大的冷顫，發現書架上擺著喝完的一個高腳杯，杯底一抹透明翠紅，這是剩餘的葡萄酒水分蒸發以後的紅色證據。

昨天家裡一群朋友聚會，臨走時大家手忙腳亂地幫忙將散落四處的杯盤蒐集，一起放到洗碗槽。可終究還是遺漏了一個。

杯子兀自站在書堆前。當然，不是在托瑪斯・曼（Paul Thomas Mann）的《魔山》前面，也沒遇見阿爾卑斯山南邊山腳下提契諾（Ticino）的赫曼・赫賽（Hermann Hesse），更不是北邊施篤姆（Theodor Storm）筆下的《茵夢湖》。

杯子，只是單純地站在大陸簡體字版的卡夫卡全集前。

我喝了一杯水，將燈逐一關上，再找一張毯子帶回床上。這是入冬以來最寒冷的一個晚上，和衣躺在床上依然冷冰冰的，好像卡夫卡《城堡》裡的測量員，困在一個充滿敵意的城堡，找不到旅館而只能勉強屈就民宅的冰冷床鋪。

然而，卡夫卡終究還是沒上阿爾卑斯山養病。我躺在床上想著。

在那一個時代，肺結核是和阿爾卑斯山牢牢結合在一起的。高山的新鮮空氣，春天的步道健行，更接近太陽的陽光，這些都是當年號稱肺結核最好的治療。於是，還沒寫出《金銀島》的史蒂文生（Robert Louis Stevenson）去了，托瑪斯・曼的太太也去了，連沒肺結核卻多病的尼采（Nietzsche）也持續住了一段時間。許多人都去了，在阿爾卑斯山的療養院。唯獨卡夫卡。

卡夫卡後來死在維也納郊區的一座療養院。一輩子極少踏出布拉格的他，終究還是因生病的緣故，寂寞地在陌生的小鎮孤獨面對死亡。

九五年路過維也納，我特意去這所療養院拜訪。先搭火車到郊區，再換地方上的小巴士。沒有任何遊客，年輕人也都住到城裡了，鎮上只留下白髮落落的年老男女。

不曉得卡夫卡是不是也害怕寒冷，才來到這地方治療肺結核。至少在《城堡》裡，寒冷是小說中許多困境和恐懼的其中一種。

寒流降臨台北的夜晚，如同每個人一樣，我也被困在被窩裡，靜靜等待睡眠的來臨。

意外的旅程

——造訪捷克布爾諾孟德爾博物館

來到孟德爾（Gregor Mendel）的出生地，絕不是基因遺傳的必然發展，一切的逗留和邂逅，只是機率相關的偶然。

一九九五年初離開了服務多年的花蓮慈濟醫院，趁還沒赴新職以前，依計畫展開了三個月的旅行。我探聽到有便宜的「繞著地球跑機票」，新台幣七萬多而已，索性就改變成「環遊世界八十天」。

出發一個月以後，繞遊數國結束匈牙利的瘋狂飆車之旅，在布達佩斯搭上前往布拉格的火車。經過一個多月的旅程，這時疲憊開始湧上，整個人癱坐在舒服的高級歐洲特快車裡。糟糕的是，我竟然沒注意到這條路徑是要經過剛剛才脫離捷克獨立的斯洛伐克共和國（Slovenská），沒辦簽證，就在進入國境後被警察攔下了。

搬下沉甸甸的行李，我呆坐在斯洛伐克不知名小鎮的鐵路警察局的封閉走廊上，付出七十五塊美金的補辦簽證代價後，終於等到了下一輛前往布拉格的火車——樸實而沒有空調的普通列車。原來的疲態，此時更顯沮喪了。

忽然，不知多久以後，遙遠地看見一座雄偉聳立的教堂，壯美極了，索性就隨意下車。

布爾諾（Brno），這是我在月台上才看見的名字。我走進了火車站的旅遊資訊中心，根據親切的工作人員所提供的資料，挑了一個低價位的旅館，就快快擁有了自己小小的房間，落下行李，躺平，很快就睡著了。

傍晚，隔音效果幾乎不存在的廉價旅館，從隔壁開始傳來激烈的做愛呻吟聲，以及床、身體和牆壁三者組成的各種撞擊。而開始飢腸轆轆的我，不得不起床。

我走在尚未天黑的古城，巷弄之間找到了一家餐廳，店名十分植物，就叫做Flora。憑著它樸素不惹眼的外觀，以及進入的賓客都是當地中產階級居民的模樣，我也就大步走進了。

一個人用餐，同時翻閱帶在身邊的《Let's Go》東歐本，隨著索引找到了Brno：「位於布拉格和布拉提斯拉瓦（註：斯洛伐克首都）之間，布爾諾是捷克的第三大都市，也是莫拉維亞區的政治文化首都」。

然後，順著資料，知道在火車上看見的那座美麗建築是中世紀就出現的聖彼得與聖保羅教堂以外的教堂，也發現了這座城住著我認識的兩個人：楊納傑克（LeošJanáče）和孟德爾。

稍有涉獵古典音樂的樂迷，大概都知道捷克的國民樂派。史梅塔納（B. Smetana）[1]，《我的祖國》的作曲家，讓布拉格開始出現在音樂的世界地圖上；德弗札克（AntonínDvořák）[2]更爲世人所熟知；至於楊納傑克[3]，《塔拉斯布巴》、《狡猾的小狐狸》、《死屋手記》等並不如前二者爲人熟悉，但是，在包括當代小說家昆德拉（Milan Kundera）在內的文人心目中，他的原創性卻是最被推崇的。楊納傑克出生在附近的小村，十一歲進入了布爾諾教會合唱學校，直到二十歲才前往布拉格。如今布爾諾城中心還有楊納傑克紀念館。

孟德爾是一八二二年出生，一八四三年出家到布爾諾修道院。他爲了取得中學教師資格，到維也納大學進修自然科學；而於一八五六年起，開始積極參加布爾諾當地自然科學學會的活動，同時利用修道院的小花園，進行豌豆雜交試驗。他比楊納傑克早出生三十二年，兩人甚至可能曾經在這個建於中古世紀的城市錯身而過。

第二天，我依著旅館提供的小地圖，朝西前進。出了古城不遠的地方，就看見這座當地人稱爲「老布爾諾」（相對於目前的古城是更老的）教堂。正確名稱是「處女瑪麗教堂」的這座教堂，一三二三年開始興建，據稱是布爾諾保存最好的原初哥德式建築。孟德爾博物館則是在修道院那一頭，遠遠就可以看見孟德爾巨大的雕像。遊客並不多，大廳裡剛巧只有我和另外一對東方人。我拿了簡易說明書，稍稍繞了一下。嚴格說來，主要的展出空間全屬於整個遺傳學史，關於孟德爾留下的文獻或資料，其實並不豐富。

一八六五年，經由豌豆雜交的實驗統計，孟德爾在布爾諾自然科學學會發表〈植物雜交實驗〉一文，可惜並沒有引起注意。後來他也用了山柳菊等重複同樣的研究，卻沒法得到同樣的結果。於是，孟德爾提出的分離律和獨立分配律也就被遺忘了。直到一九〇〇年，科林斯（Carl Correns）、切爾馬克（ErichvonTschermak）、德弗里斯（H. De Vries）等植物學家分別得到同樣的結論，所謂的孟德爾主義才開始成立。這時，孟德爾已經去世近二十年了。也許是這樣的緣故，修道院對他生前活動留下的遺物，保存並不多。

正要離開的時候，那一對東方人剛好和管理員熱切但困難地交談著。原來他們來自日本，丈夫是中學的生物老師，特地帶來日本中學生物課本要送給博物館。只是他完全不會講英文，而太太又只會一點英文，但也不擅長生物學的專有名詞。我這位不懂日文的台灣遊客，憑著英文、漢字和生物學的知識，擔任了一次經驗特殊的翻譯工作。日本這位中學老師表示，他是期待了十多年才來到這裡。管理員也被他熱切的態度感染，連忙喚來更高層次的神父。

剛好，這位高階神父正接待著外地來的另一位穿著便衣的年長神父，於是便邀我們一起進入向來不對遊客開放的修道院內部。

我們在入口脫下皮鞋，換上修道院自製的布絨鞋，以防刮傷了古老的地板。原來，這一座歷史悠久的修道院有一座古老的圖書館，收藏了許多手抄經典。這是那一位外地神父千里迢迢前來的目的。在充滿古典裝飾的圖書館裡，笑瞇瞇的女管理員忽然朝牆上其中一面書架輕輕一拉，原來又是另外一條祕密通道，像極了歐洲推理小說經常出現的場景。我立刻想起了義大利小說家艾科的《玫瑰的名字》、《傅科擺》，在書裡出現多次的場景，如今竟是這般近在眼前。

離開布爾諾是過了兩夜以後，我結束了一段意外之旅，繼續原來的環球計畫。原來，從小就一直在教科書上讀到的「奧地利人」孟德爾，其實是捷克人。就像是卡夫卡，明明一輩子都待在布拉格，卻被視爲奧國作家或德文文學作家，而不是捷克作家。奧匈帝國垮了，民族國家紛紛興起，這已經是二次大戰以後的事了。然而我們的教科書，還是繼續宣揚著哈布斯王朝的偉大……

【附註】

1 生卒年爲一八二四至一八八四年。

2 生卒年爲一八四一至一九〇四年。

3 生卒年爲一八五四至一九二八年。

醫與病的歷史現場

如果佛洛伊德從倫敦的墓園復活，搭乘穿越多佛海峽深處的法國高鐵TGV，在布魯塞爾轉ICE列車回到維也納，下了火車以後朝向古老的大學，撐著枴杖穿過街巷，看到了關於自己的博物館，他會是怎樣的心情？

就在昔日執業的房樓入口，他先按下門鈴，聽到有人問話的聲音。不是老管家，不是安娜，也不是任何一位弟子，他還是必須回答，像他昔日病患一樣的客氣口吻，用因爲多次喉癌手術而含糊不清的聲音，說明是要來參觀「西格蒙・佛洛伊德」博物館。當然，上了樓層，還是一樣要付費買入場券。

然後他看見了，自己的診療室幾乎一模一樣地被重新模擬布置起來。他應該怎麼分析或診斷這一切？是戀屍癖，蒐集狂，更深層的肛門期欲望，還是屬於性器期欲望的戀父情結？當然，步履蹣跚的他轉一個身，看見了許多來自埃及和中國的小件古董收藏，昔日費心張羅來的。這時，他又會怎樣想？昔日他蒐集一切，包括古老的文明和個案的歷史；現在，每一位來訪的遊客則是蒐集他，佛洛伊德。

我自己是一九九五年的夏天，在展開盼望許久的壯遊的同時，也開始了這樣兼具蒐集、佔領和朝聖意圖的行動。

在維也納郊外的小村，拜訪了卡夫卡臨死前爲了治療肺結核而住下的療養院；至於濟慈，除了座落在倫敦漢普斯帝的紀念館所陳列的藥劑學習生涯的器械外，也拜訪了羅馬西班牙廣場旁小屋，是拜倫邀他去養病、卻也是他病歿的地點。還有，羅馬城郊新教徒墓園的墳地。還有，更多更多的。

醫和病，關於這一切的追尋，恐怕是許多像我一樣習醫的友人，在旅途中忍抑不住的欲望吧。

一九九五年，三個月的壯遊結束後，回到台灣，任職台大醫院精神醫學部。在部主任李明濱教授的推薦下，中途加入了當時台大醫學院謝博生院長大力推動的二號館規劃工作。

坐落在仁愛路和中山南路交叉口的二號館，舊台大醫學院唯一殘存的建築，也是許多婚紗業者喜歡取景的地方，如今已經成爲醫學院新的人文中心了。它的右翼，正是一個小型的台灣醫學史館。現在回頭再來看看這個展示場，許多博物館學者所指出的錯誤，我們幾乎都犯了。至少在我所參與的部分，我以爲歷史太容易而文物太瑣碎，反而失去了將二號館塑造成夠水準的醫學博物館的機會。

也許，這是不論哪一國的醫生都經常犯的過錯吧。就像佛洛伊德潛意識裡無所不能（omnipotent）的自戀欲望，以爲可以掌握和理解世界文明的任一角落，反而看不見自己所疏漏的。

記得更早以前，一九八九年或一九九〇年吧！台大醫學院圖書館配合拆除，要先遷到臨時的空間。如今任職清華大學的陳傳興教授，因爲他的熱忱和毅力，跑遍了台大每一個大大小小的圖書館，特別是最被忽略的死角，忍不住告訴我們幾個人（李尚仁、李宇宙、劉絜愷），擔心醫圖裡的寶貝會被視爲廢物丟棄了。我們跑去一看，發覺平常沒人探望而累積厚厚灰塵的舊書區，不只存有十九世紀末或二十世紀初的許多醫學書籍，譬如日本第一本精神醫學教科書的第一版，也留有許多二、三〇年代體質人類學家（可能是金關丈夫他們吧！）人體測量的手繪原稿。而且，果眞將要被打包丟棄了！

二號館的參與經驗，帶給我許多的學習。一九九六年十月起，我從李宇宙醫師手中接下台灣醫界聯盟的《醫望》雜誌，開始規劃介紹世界各國醫學博物館的專欄。一年以後，也因爲《醫望》的「醫學博物館專欄」，因此受邀參與陳水扁市長時代，由衛生局局長涂醒哲所提議的「台北醫學博物館」的籌設。

當時，坐落在西門町的性病防治中心新大樓就要落成了，該單位原先暫借的長安西路舊衛生局房舍就要空出來。這個博物館規劃小組主要的成員是周子艾建築師、博物館學者張譽騰教授和我三人，後來再加上能幹而博聞的桂雅文小姐。當時的構想裡，很早就決定不再是以「台灣醫師英雄史」爲主軸，而是著重在台灣住民的生活史演化。基於這樣的理念，目標也就放在如何在小型的古蹟空間內，創造出最具互動參與的健康博物館。

不幸的是，一朝天子一朝令，新的市長上任了，這座博物館於是胎死腹中。這時，反倒是高雄市新上任的衛生局局長陳永興先生開始積極籌設台灣醫學史博物館。

在台灣，台灣醫學史博物館或台灣醫學史容易陷入兩難，往往被窄化視爲台灣民族意識的發展史，而忽略更多的面向。而且往往也因爲這樣的窄化，在某一些政治環境的變動裡，可能就會有大起大落的待遇。

追逐歷史的奔跑

——造訪香港醫學博物館

如何將這近一個世紀的歷史爲我們的後代保存下來，或者恰當地說——使它起死回生呢？

結束香港行程的前一天，捨棄許多誘人的行程選擇，特地到香港醫學博物館一趟。原先的旅遊計畫，純粹是爲了可能是最後一屆的香港藝術節而來的。出發前兩個星期，同事提到香港似乎有座醫學博物館，腦海也就不經意地留下印象了。

眞的有醫學博物館？爲什麼以前都沒聽過呢？

抵達啓德機場，剛巧想到這件事，於是不抱希望地到旅客服務中心順口問問。一位男職員立刻找出一份精美小册，全是介紹香港各個博物館的，包括著名的茶具文物館、太空城和科學館等十七家，而醫學博物館的資料登錄其中。

我拿著旅遊小册，依指示找到原先熟悉的文武廟，才發覺地圖上的樓梯街是一條百餘層階梯構成的陡道。好不容易氣吁吁地爬上後，是一條車輛奔馳的街道，路名是堅道（Caine Rd.）。前後走了幾趟，才發覺原來階梯盡頭那一條花徑小道，才是我要找的堅巷（Caine Lane）。

香港醫學博物館是一幢古色古香的英式建築，坐落在茂盛的樹林間，遠遠望去還以爲是昔日殖民官員的別墅。走進門口，穿過一截深幽小巷，才是建築本身。

當時已經是下午三時半了。平常開放的時間是上午十時至下午五時，週一休假，而假日則是下午一時開放。我走進小巷，一位華人解說員正帶著一群老外，以流利的英文解釋這建築的風格和特殊功能。

走進博物館，買張港幣十元的門票，才發覺不允許攝影。我向售票的老先生問是否可以採訪攝影，他立刻客氣地以電話聯絡博物館專職的一位年輕女士。她帶我到辦公室，了解我的需要後，填了一份表格就可以了。

我順便問起了這個博物館的運作，原來正式員工只有她一位，其他全是義工。譬如剛剛在門口外解說的，是一位香港建築師；在館內展出部門帶不同隊伍的另兩位解說員，年輕的一位是開業的家醫科醫師，而年長的則是病理科醫師。至於走進門時售票的那位老先生，原來是從這博物館前身的病理研究所退休下來的技術人員。

這是一件教人訝異的事，原來香港醫學博物館是純粹的民間組織，由共五十餘名的醫師、醫事人員和建築師組成「香港醫學博物館學會」來經營的。創會時的董事會主席是蔡永業教授（Prof. Gerald Hugh Choa），一九九七年香港中文大學醫學院創院時的院長，本行是內科，著作有多本香港醫學史。副主席則是何屆志淑教授（Prof. Faith C.S. Ho），當時香港大學醫學院的病理系主任。

何屆教授在文章裡提到當時的創館動機：「一九九二年初，在一次學術會議後的晚宴上，一些病理學專科醫生聚在一起，談到『舊病理檢驗所』未來的命運」，隨著病理所遷徙以後，曾經一度荒廢爲倉庫的建築，「如何將這近一個世紀的歷史爲我們的後代保存下來，或者恰當地說使它起死回生呢？」

注意到香港近年來發展的台灣旅客，大概都可以感受到九七大限帶來的文化認同的影響。八〇年左右，第一次到香港時，因爲個人對歷史的嗜好，我試著找了好久，才看到零星的相關出版品。這些年來，有關香港歷史的書籍，從流行音樂、粵曲、賽馬，到香港政治演變過程、殖民政策、文學史料等等，全都一骨碌地冒出來了。九七年的逼進，讓香港人發現自己既不全然是英國人、也不全然是中國人的尷尬立場，尋找自己身分的欲望幾乎是不分階級地發生，於是在各個行業以懷舊的形態呈現出來，醫學界也不例外。

後來的發展，從天星碼頭事件，到佔中運動，香港已經不再是那個讓我找不到它相關資料的地方了。

香港醫學界一直都是個特殊的殖民現象。譬如以精神科專科醫師而言，醫學生和住院醫師都可以在香港本地訓練，但專科醫師考試就一定要遠赴英國。在這種情況下，對香港醫學界而言，自然而然視自己爲英國醫學界的一份子。同時，二次戰後，大部分第三世界地區的醫生通常是政治和文化的領導角色；而香港的醫學界似乎沒有這一項傳統。

這座博物館的成立過程，是典型西方上流社會贊助藝術文化活動的方式。各地的醫界名流積極成立籌備會、募款活動和爭取殖民政府支持，終於在去年，也就是一九九六年三月二十二日，正式開幕。

博物館的經費幾乎是自行負責。每年一百五十萬港幣的預算，除了募捐以外，還包括門票和紀念品的收入。這雖然是一座小小的博物館，各種紀念品的設計，包括解說小册、橡皮擦、便條紙、拆信刀、鋼筆、首日封、紀念信封等等，既精緻又豐富。

博物館本身的結構是地上兩層樓、地下一層，總共分十五個單元。展出的結構包括常態展和特展。基本上，整個博物館的史學概念是相當傳統的，以文物和資料的蒐集和呈現爲主，幾乎沒有任何基本的詮釋觀點。但是，也許是香港各醫院的大力支持，在醫學歷史文物的蒐集上，卻頗爲可觀。這一點是教人羨慕的，因爲在台灣，這些傳統的醫學器材在過去的輕忽態度下，想要保存幾乎是困難重重了。

我個人對兩個常態展印象較為深刻，一個是香港鼠疫的文物展，另一個則是香港病理學史展。

一樓有一個小型演講廳，容納約五十人左右，就叫作「王國棟演講室」。香港最早的西醫學院，也就是孫中山先生就讀的學校，在香港大學一九一二年成立後併入該校。王國棟教授是當時病理科唯一的華人教授，愛丁堡大學醫學博士，專攻結核病卻也死於該病。因為他開創性的歷史地位，自然而然地以他的名字作為紀念。

二樓同時有一間舊病理檢驗室，所有當年工作的常態設備，如顯微鏡等等，幾乎像是時光暫停一般，幾近完整地保留原貌呈現，只不過牆壁上多了香港著名病理學家的介紹，包括了擅長書法和中國醫學史的侯寶璋教授。

其他的常態展也包括了中醫部分，譬如香港中醫史上最具規模的東華三院和一間模擬的中國傳統草藥店。地下室有一座展覽室，雖然展出顯得零散，卻是一些如今不易見到的早期醫療器材，包括手術台、痲醉儀器、香港當年自行發展的脊柱牽拉矯形器、早期牙醫用椅等等。

這半年的特展是「香港肝炎與肝癌圖解展覽」，是一個教人失望的安排。也許是限於經費和人力的限制（這博物館似乎沒和歷史學者合作），基本上只能稱為大眾醫學教育的宣導。

但是，整體而言，這個博物館是頗值得參觀的。因爲它的建築本身就值回票價。如果仔細觀察，再加上解說員的協助，可以看到當年病理所的運作方式。譬如角落的小鈴，昔日通知樣本升降運送的設備，許多都巧妙地保留下來了。

我去參觀時，剛巧是英國亞洲學會的到訪，也就趕緊追隨了解說的行列。三位義務解說員皆是熱忱十足，對任何問題一概盡力且謙虛地回答。參觀的時間雖然因爲找路耽擱而顯得倉促，一切的收穫卻是遠遠超過了預先的期待。香港醫學博物館雖然是規模有限，研究部門也嫌弱了許多，卻展現出極富衝勁的熱忱。他們劍及履及的實踐力，以及各方鼎力支持合作的態度，也許正是值得台灣醫學界好好思考的「香港經驗」。

離開太平山山腰的老建築，沿著荷李活道走下山，到附近不遠的蘭桂坊。傍晚時刻的蘭桂坊才正要甦醒，各個酒吧顯得難得的清靜。原先約好的香港朋友早已端坐等待了。我叫了一大杯的生啤酒，稍稍解渴，向他提起剛剛參觀的醫學博物館。他遲疑了一下，表示沒去過。倒是瘟疫的故事還有些印象，譬如卜公花園就是當年死人無數的鬼地，都是小時候聽過的。

九七年的七月交接就要到臨了。下一個政府會怎樣詮釋這塊土地的歷史呢？下回來到香港時，再回到這個博物館走走，也許隱約的痕跡就可以明白許多了。

誕生在鼠疫陰影中

——香港醫學博物館建築由來

香港醫學博物館的二樓，常設的香港鼠疫特別展，特地抄錄了一首詩，生動地描述了流行疾病對人民的影響。

東死鼠，西死鼠，人見死鼠如見虎。
鼠死不幾日，人死如折堵。
晝死人，莫問數，日色慘淡愁雲護，三行人未十歲多，忽死兩人橫截路。
病死人，不敢哭，疫鬼吐氣燈搖綠，須臾風起燈忽無，人鬼屍棺暗同屋。
烏啼不斷，犬泣時聞，人含鬼色，鬼奪人神。
白日逢人多是鬼，黃昏遇鬼反疑人，人死滿地人煙倒，人骨漸被風吹老。

田禾無人收，官租誰人考？
我欲騎天龍，上天府，呼天公，乞天母，
灑天漿，散天乳，
西透九原千丈土，地下人人都活歸，黃泉化作回春雨。

這是乾隆壬子、癸丑年間，也就是一七八六年，鼠疫在中國狂掃之際，師道南所寫的一首〈死鼠賦〉。

香港的鼠疫發生在一八九五年，恐怕是從中國廣東逐步傳染過來的，這一場浩劫，遲遲到了一九二三年，花了近三十年才完全控制。記載的個案二萬一千八百六十七個，死亡二萬零四百八十九人，死亡率百分之九十三點七。

英國軍隊在香港登陸是一八四一年，鼠疫發生在半世紀以後，雖然就像所有第三世界的歷史一樣，西方醫學的傳進多與殖民政策有關；當時的英國香港政府也的確累積了相當的醫學建設，特別是和教會系統的合作。

譬如中國國父孫中山先生，就是一八九二年香港第一所醫學院、也是第一所高等學府的「香港西醫學院」的第一屆畢業生。這學院是由萬巴德醫生（Dr. P. Manson）、康德黎醫生（Dr. J. Cantlie）[1]，和何啓醫生[2]所努力建成的。當時，醫學生實習所在之處就是雅麗氏紀念醫院。

雅麗氏醫院是何啟醫生爲了紀念他的英國太太雅麗氏・瓦克登（Alice Walkden）。何啟畢業於蘇格蘭的亞伯丁大學（Aberdeon，香港人稱爲鴨巴甸大學）後，雅麗氏隨丈夫來港的第二年，即一八八四年生病死了。而當時，原創於一八八一年的太平山區傳教診所正不敷使用，何啟醫生遂捐款建立雅麗氏紀念醫院，而於一八八七年落成，成爲第一所華人專屬醫院，也因爲這一所醫院，次年才成立香港西醫學院，再四年後才有孫中山等學生畢業。

雅麗氏醫院的舊址位於目前的荷李活道，也就是如今到香港觀光時，大家經常去買古董的那一條街道。荷李活道連接摩囉街，前者是大件的古董或仿古家具，而後者則是小件古董爲主，兩街的交接處即是香火鼎盛的文武廟，是香港華人的傳統信仰重心之一。

香港文武廟旁一條陡升的階梯，朝向太平山，中區高級住宅的樓梯街，就可以到太平山街。這就是當年香港鼠疫最早爆發的地方。

當年的太平山區是華人貧民窟，是所有內陸難民暫時棲身的違章建築區。當時西方醫學對鼠疫的認識僅止於公共衛生的知識，因此全面性的拆除和消毒工作立刻展開。關於這點，當然引起居民強烈的抗爭；尤其是屍體的處理，官方堅持公衛原則的火化方法更是觸怒了華人土葬和落葉歸根的觀念，所有的工作也就在英國軍隊殘暴的手段下被強制執行。

這些拆除掉的違章，後來重建成西式的洋房，甚至更高可以眺海的半山腰區，成爲如今香港最昂貴的高級住宅區。其中有一塊公園化的小遊戲場，就是當年火化屍體的地方，英文名字因而稱爲Blake Garden（Blake是當時香港總督之名），而中文則依港腔譯爲卜公花園，只是沒有任何紀念碑，恐怕一般的港人也不知道這典故。

當時，香港政府的醫療能力，除了毀滅性的圍堵和隔離，是無法從治療的層面來處理這場「瘟疫」的。因此，政府立刻廣徵世界各地的傳染病專家，一個月內即來了日本著名的細菌學家北里柴三郎（ShibasuburoKiwsnlo）和在法屬越南進行研究的瑞士細菌學家耶爾森（AloxundreYorsin）。

耶爾森雖然比北里柴三郎更早到香港，可是當時的香港英國政府卻沒人懂法語或德語，而耶爾森本身又不會英語，他的工作也就沒有北里柴來得順利。

北里柴三郎和他的學生及助理們，在英國政府的幫忙下，很快地建立了自己的臨時研究中心，有解剖室等等。耶爾森則是透過賄賂，才從火化場偷買到黑死病屍體來進行研究。

他們兩人幾乎同時發現了這次鼠疫的病因，就是淋巴腺鼠疫桿菌。北里柴三郎早耶爾森數天宣稱發現，但從「各自的報告及描述，看來他們發現的並非同一種微生物」。

不知怎樣的緣故，也許果眞是科學眞理的事實，也許是白種人的種族主義，日後一律以耶爾森的發現爲標準，國際命名就叫「鼠疫耶爾森氏菌」（Yersinigpestis），瑞士政府也因而發行耶爾森紀念郵票。

一九九四年國際病理學院第二十屆國際大會，即展出了鼠疫病菌發現一百週年的歷史回顧，一場死了至少兩萬名東方人的疾病，最後的光榮全歸諸一位勤奮而僥倖的西方人。

因爲這場鼠疫，香港政府遂在疫區籌建細菌學檢驗所，而於一九〇六年三月十五日正式開始運作。

這座大樓是由李奧倫治建築事務所負責設計及監督建造，這是香港最早的一家建築事務所，目前仍在營業中[3]，整個建築採取美國愛德華時期的風格，卻又針對亞熱帶氣候、中國風情和功能的特殊需要，而加以修正。

細菌學檢驗所後來在不同時期改名爲病理檢驗所、舊病理檢驗所及堅巷補給部。一九九六年，香港政府發行四張一套的香港市區傳統建築物紀念郵票，包括舊三軍司令官邸（一八四六）、上環街口（一九〇六）、香港大學本部大樓（一九一二）

和這座舊病理檢驗所（一九〇五）。

自一九九六年起，這座建築又有了新的名稱——香港醫學博物館。

附註

1 後來在倫敦營救孫中山。

2 是首位赴英取得醫學博士的香港人，地位皆若台灣的杜聰明博士。

3 一八七四年原名爲 Messers Leigh & Orange Architects，一八九四年改爲 Leigh & Orange Architects。

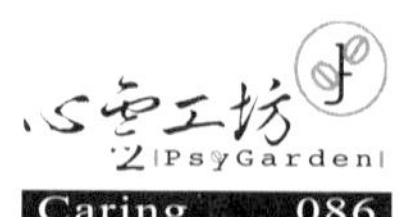

Caring 086

沉思的旅步：王浩威的心靈遊記

Reveries on the Roads

作者—王浩威

出版者—心靈工坊文化事業股份有限公司
發行人—王浩威
總編輯—王桂花
責任編輯—黃心宜
特約編輯—王郁兮
封面設計—黃瑪琍
通訊地址—10684 台北市大安區信義路四段 53 巷 8 號 2 樓
郵政劃撥—19546215
戶名—心靈工坊文化事業股份有限公司
電話—02）2702-9186
傳真—02）2702-9286
Email—service@psygarden.com.tw
網址—www.psygarden.com.tw
製版・印刷—中茂製版印刷股份有限公司
總經銷—大和書報圖書股份有限公司
電話—02）8990-2588
傳真—02）2990-1658
通訊地址—248 台北縣五股工業區五工五路二號
初版一刷—2016 年 3 月
ISBN—978-986-357-056-1
定價—380 元

國家圖書館出版品預行編目資料

沉思的旅步：王浩威的心靈遊記 / 王浩威著. -- 初版. - 臺北市：心靈工坊文化, 2016.03
面； 公分

ISBN 978-986-357-056-1（平裝）

855 105001378

心靈工坊 PsyGarden 書香家族 讀友卡

感謝您購買心靈工坊的叢書，爲了加強對您的服務，請您詳填本卡，
直接投入郵筒（免貼郵票）或傳眞，我們會珍視您的意見，
並提供您最新的活動訊息，共同以書會友，追求身心靈的創意與成長。

書系編號—Caring 086　　書名—沉思的旅步：王浩威的心靈遊記

姓名　　是否已加入書香家族？ □是 □現在加入

電話 (O)　　(H)　　手機

E-mail　　生日　　年　　月　　日

地址 □□□

服務機構　　職稱

您的性別—□1.女 □2.男 □3.其他

婚姻狀況—□1.未婚 □2.已婚 □3.離婚 □4.不婚 □5.同志 □6.喪偶 □7.分居

請問您如何得知這本書？

□1.書店 □2.報章雜誌 □3.廣播電視 □4.親友推介 □5.心靈工坊書訊
□6.廣告DM □7.心靈工坊網站 □8.其他網路媒體 □9.其他

您購買本書的方式？

□1.書店 □2.劃撥郵購 □3.團體訂購 □4.網路訂購 □5.其他

您對本書的意見？

□ 封面設計 1.須再改進 2.尚可 3.滿意 4.非常滿意
□ 版面編排 1.須再改進 2.尚可 3.滿意 4.非常滿意
□ 內容 1.須再改進 2.尚可 3.滿意 4.非常滿意
□ 文筆／翻譯 1.須再改進 2.尚可 3.滿意 4.非常滿意
□ 價格 1.須再改進 2.尚可 3.滿意 4.非常滿意

您對我們有何建議？

▲您的意見，我們將轉貼在心靈工坊網站上，www.psygarden.com.tw

廣　告　回　信
台北郵政登記證
台北廣字第1143號
免　貼　郵　票

10684台北市信義路四段53巷8號2樓

讀者服務組　收

免　貼　郵　票

（對折線）

加入心靈工坊書香家族會員
共享知識的盛宴，成長的喜悅

請寄回這張回函卡（免貼郵票），
您就成爲心靈工坊的書香家族會員，您將可以——

⊙隨時收到新書出版和活動訊息

⊙獲得各項回饋和優惠方案